オオカミパパの幸せ家族計画

Kawaiiko
かわい恋

CHARADE BUNKO

Illustration

榊空也

CONTENTS

本作品の内容はすべてフィクションです。
実在の人物、団体、事件などにはいっさい関係ありません。

オオカミパパの幸せ家族計画

「クリスマスプレゼントに、二人目が欲しい」

千明（ちあき）が愛（いと）しい伴侶、大神奈津彦（おおがみなつひこ）にそんなことをねだったのは、一昨年（おととし）のクリスマスだった。

オメガである千明は、男性でありながら子を産める機能を有している。大神と結婚して娘の美羽（みう）を授かり、通常は授乳期間が終わる頃に戻ってくるはずの発情期に合わせて二人目を作る気でいた。

――のだが。

「なんかおれ、ぜんぜん発情期戻りませんね？」

二人でベッドに寝転びながら、千明は大神のふわふわの毛に鼻先を埋（うず）めながら言った。

ハイブリッドアルファである大神は、オオカミに酷似した外見を持つ人狼（じんろう）種である。オオカミの顔でいながら、ロイド眼鏡（めがね）をちょこんと鼻に乗せているのが知的に見える素敵な旦那さまだ。

「男性オメガは女性オメガに比べて、発情が不安定なことが多いと言うからな」

大神に言われ、千明もうなずいた。

オメガは通常、三ヶ月おきに一週間程度の発情期がやってくる。

子を孕むはら機能があるとはいえ、男性オメガの妊娠率はとても低い。発情期間は妊娠率が跳ね上がるものの、発情期が来なければ妊娠の可能性は限りなくゼロに近いという。二人目が欲しいと思っているが、焦る気持ちはない。大神も自分も自然に任せようという意見は一致している。

オメガは強い発情中は子種を奪うことだけに頭が占められ、なにも手につかなくなってしまう。オメガが子育てを放棄しないように、妊娠・授乳期には発情は戻ってこないと言われている。

人によって差があるのはわかっているが、美羽がもうすぐ三歳になるというのに、千明の発情期は復活していない。とっくに授乳も終わっているのだけれど。

「なに、いずれ来るだろう。焦る必要はない」

大神の大きな手でやさしく頰を包まれ、千明は「ん」とほほ笑んだ。

「でも奈津彦さん、子どもたちでサッカーチーム作りたいんですよね？　今のペースじゃ、おれ、おじいちゃんになっちゃうかも」

いつだったか大神が口にした軽口を、冗談めかして千明が言う。

大神家には美羽の他に、大神の妹ゆきの子が三人いるから、単純計算であと七人だ。

「まあ、難しかったら野球チームでも……、なんならバスケットでもいい」

大神は笑いながら千明の頭をぐりぐりと撫なでた。

「なんですか、その適当な家族計画！」

千明もつられて笑う。

「今のまま、四人でチームを作れるスポーツでもいいぞ」

「なにがあるんですか？」

四人でチームを作るスポーツが思い浮かばない。

「うーん、パッと思いつくのがインディアカとか……、キンボールとか」

「知らないです！」

インディアカ？　キンボール？　名前だけでは想像がつかない。

「インディアカは羽根のついたボールを素手で打ち合い、キンボールは大きなボールを投げ飛ばすスポーツだ」

子どもたちが四人で羽根つきボールを打ったり大きなボールを投げている図を想像したらおかしくなって、声を出して笑ってしまった。

「なにそれ、楽しそう！　おれもやってみたいです！」

よく知ってるなと感心する。さすがは作家だ。

笑い転げる千明を愛しげに目を細めて見た大神が、やさしく覆い被さってきた。眼鏡を外す仕草にどきりとする。

「俺たちが加わってバレーボールチームでもいいが……。子どもを作るためだけじゃなくて、おまえを可愛（かわい）がっていいだろう？」

金色の瞳に見つめられると、たやすく体温が上がる。

「オオカミさん……」

「可愛いな、ちー」

頭の中に、大神の描いた絵本の出だしが巡る。大神が学生時代に、まだ見ぬ自分の番（つがい）を思い描きながら作ったアルファとオメガがモチーフの絵本。

〝ヒツジさんはオオカミさんにとって、とても魅力的で美味（おい）しそうな生きものなのです〟

今夜もオオカミに食べられる仔（こ）ヒツジになるのだと、千明は愛しい体温を受け止めながら目を閉じた。

1.

八月下旬。

クーラーの効いた大神家のリビングに、明るいバースデーソングが響き渡る。

「ハッピーバースデー、ディア、みーうー！　ハッピーバースデートゥーユー！」

リビングには家主の大神を始め、千明、美羽、美羽の兄で大神の妹ゆきが産んだ純、蓮、亮太の三兄弟、大神の母のはつ江、そして猫のクーが勢揃いしている。総勢七名と一匹の賑やかさだ。

美羽が空気を吸い込んで頰を膨らませ、尖らせた小さな唇からふうっ、と息を吹いた。ケーキの上に立てた三本のろうそくの炎が揺らめいて消える。ろうそくの芯から白い煙が立ち上った。

「おめでとう！」

最近プリンセスに夢中の美羽は、大好きなキャラクターとお揃いの黄色いドレスを着た首をすくめ、嬉しそうに笑った。

「ありがとー」

パンパンパン！　とクラッカーが弾け、カラフルな細い紙テープが飛び出す。びっくりして飛び跳ねたクーが、慌てて大神の膝によじ登った。

「美羽、お誕生日おめでとう」

小学四年生になった次男の蓮が、家族を代表してプレゼントを差し出した。ノーブルな濃紺の包装紙に、金色のリボンがかかっている。大きく口を開いて子どもらしい笑顔になった美羽が、小さな手できれいにリボンをほどく。

「わあっ！」

中から出てきたのは、赤いベルベット地に金細工を施した四角いジュエリーボックスだった。

蓋を開くと、ガラスの宝石やプラスチックの花でできた色とりどりの指輪やネックレスが並んでいる。もちろんボックスの金細工も本物ではなくプラスチックだが、小さな女の子が憧れる〝宝石箱〟そのものだ。これは千明とはつ江が手作りした。

「わぁぁ、かわいいぃぃぃぃ～！」

瞳をうるうるさせて感動した美羽が、紅潮した頬を両手で包んでいる。千明はそういう美羽を見るたび、女の子らしい仕草だなと思う。生みの親である千明も男性だし男兄弟しかいないのに、女の子は自然と覚えてしまうのだろうか。

「ぼくと亮太で選んだんだよ」

にこにこしながら美羽に言ったのは、小学六年生になった長男の純。六年生は夏休みに入る前まで一年生の世話係をしていたので、純と一年生の亮太は一緒に行動することが多かった。

美羽はさっそく大きな花のついた指輪をつけ、ネックレスを取り出して亮太に渡す。

「にーに、これつけて！」

美羽は三男の亮太をにーに、蓮をれんにーたん、純をじゅんにーたんと呼ぶ。特に年齢の近い亮太とは仲よしなのだ。

亮太はネックレスを持って美羽の後ろに回った。

子ども用のネックレスは留め金が磁石になっていて、幼児期には指先が不器用なハイブリッドアルファの亮太でも簡単につけられる。

ハイブリッドアルファとは、かつて人類が衰退の道をたどっていたときに、科学者たちが人間にオオカミの細胞を移植することで作りだしたリカントロープ（人狼）種の外見を残すアルファのことである。ハイブリッドアルファの身体能力や知性は高いが、幼少時は獣状の口や毛に覆われた手指のせいで、言葉が遅く不器用なことも多い。

人類は現在、男女の性別のほかにアルファ、ベータ、オメガという三つの性に分かれており、圧倒的多数を占めるのがベータ。

２％程度の割合を占めるアルファは男女ともに女性やオメガを妊娠させることができ、０．０５％とされるオメガは男女ともに妊娠、出産が可能だ。

ごくごく稀に生まれるハイブリッドアルファは特に数が少なく、過去に人類の危機を救ったことから、神聖視されることもある。もともとアルファは体格がよく能力が高い傾向にあるが、中でもハイブリッドアルファはその外見も相まってカリスマ性が強く、政治家や経営者も多い。

対してオメガは男女ともに小柄で容姿が整っているのが一般的で、セックスアピールが強い。特に数ヶ月おきに訪れる〝発情期〟には、誘惑香と呼ばれる甘い香りを放って他者を誘ってしまう。ことにアルファに対しては、強烈な催淫作用を及ぼす。

そのため発情抑制剤を飲んでコントロールしたり、勤務先では発情休暇と呼ばれる休暇を取得したりすることが義務化されている。

男性オメガである千明が、ハイブリッドアルファである大神のもとへ家事代行サービスで派遣されたのは、まさに運命だった。運命の番ならではの強烈な発情で体の関係から始まって、恋人へ。

そして晴れて結婚して美羽が生まれた。もともと大神家にいた三人の男の子は実際は従兄になるが、生まれたときから一緒に育っているので実の兄妹も同然である。純、蓮、亮太とも、本当に美羽を可愛がってくれている。

亮太は美羽の首にネックレスをかけてやると、前に回って満足そうに笑った。

「みうちゃ、かわいいい！」

真珠を模したネックレスの先端に、大きな赤いガラス玉がついている。美羽の着ている黄色いドレスによく映えて、まるで本物のプリンセスのようだ。

「ほんとだ、美羽すごく似合ってる」

「かわいい！」

みんなから口々に褒められて、美羽はご機嫌でドレスのスカートを持ち上げて会釈をした。テレビで見て覚えたプリンセスの挨拶である。

おしゃま、という言葉を、千明は美羽を育てて実感した。たった一年だけ働いていた保育園でも色々な子がいたが、みな育て方というより、持って生まれた性質が大きかったと思う。

同じように育てられても純はしっかり者で、蓮は社交的で、亮太は引っ込み思案だ。美羽は口が達者で世話焼きである。公園で近所の赤ちゃんに会うと、お姉さんぶって積極的に面倒をみる。

「ほら、写真を撮るぞ。みんなケーキの前に集まれ」

大神がカメラを構え、子どもたちがケーキの前に移動する。クーを胸に抱いた美羽を真ん中に、後ろと両隣を兄たちが囲む。

「笑って」

カシャッ！　とシャッターを切る音とともにクーが目の前のケーキのクリームを手です

くってしまい、明るい笑い声が起こった。

「クーたんも、みうのケーキたべたかったんだね」

ぎゅっ、と頬ずりした美羽から、はつ江がクーを抱き上げる。

「猫ちゃんに人間のクリームは甘すぎるから、こっちにおいで」

はつ江はあらかじめ用意しておいた猫用おやつの前にクーを座らせた。

千明はお湯で温めたケーキナイフで丸いケーキを等分に切り分け、皿に置く。主役の美羽のケーキの上には〝Happy Birthday〟と書かれたチョコプレートとゼリーの人形を乗せて。

「美羽、三歳のお誕生日おめでとう」

大神があらためて言うと、全員が「おめでとう！」と言ってフォークを手に取った。美羽は大好きな真っ赤ないちごを頬張ってにっこり笑う。

（子どもの成長は早いなぁ）

ほんの少し前まで赤ちゃんだったのにと思いながら、千明は感慨深げに紅茶のカップに口をつけた。

毎日兄たちがいる夏休みは、美羽にとってとても楽しいらしい。来年幼稚園に上がる美羽は、普段は千明かはつ江のつき添いがないと近くの公園へも行けないので、二人が家事や用事のあるときはクーと遊ぶかひとり遊びをするしかないからだ。

けれど夏休みは兄たちがみんな家にいる。好奇心旺盛な年齢の美羽は、「これなぁに？」「なんで？」「みてみて！」「みうがやる」にひとつひとつ充分に相手をしてもらえるのが嬉しいのである。

今日も美羽とブロックで遊んでくれている純に、出かける支度をした千明が声をかけた。

「おれ、子ども会の役員会行ってきます。留守よろしくね、純くん」

パッと美羽が立ち上がる。

「みうもいく！」

「そう？　じゃあ帽子被らないと」

役員会は、家で留守番ができない年齢の子を連れてきている保護者も多い。会議の間はいつも、子どもたちは見知った顔同士で遊んでいる。

美羽はこの夏買ったばかりの、お気に入りの麦わら帽子を急いで頭に乗せた。役員会に行きたいというより、お気に入りの帽子を被りたいのだろう。

今日のお洋服はピンクがいい、この靴下にはこの靴がいいなど、美羽はけっこうこだわりが強い。純も蓮も亮太も、自分で選ぶことはあっても「これじゃなきゃ！」ということはなかったので新鮮である。

「じゃあ行ってきます」

「いってきまーす！」

美羽はぶんぶんと純に手を振り、スキップしそうな軽やかな足取りで歩き始めた。今日は三つ編み！　と言われて、二つに分けておさげにした細い三つ編みが肩下で揺れている。

「美羽、しっかりつかまって」

「はーい」

町内会館までは、自転車で五分ほど。坂道もあるが、大神が電動自転車を用意してくれたのですいすい漕げる。

到着すると、自転車を降りる前から美羽がめざとくお友達を見つけた。

「リオナちゃ～ん！」

「あ、みうちゃん」

自転車から降ろすと、女の子同士で「みうちゃんのスカートかわいい！」「リオナちゃんのかみのけ、すてき！」と互いを褒め合っている。

「こんにちは、大神さん」

「あ。こんにちは、小笠原さん」

リオナの母に声をかけられ、千明も挨拶を返す。千明が働いていた保育園では、なになにちゃんママ、なんとかくんパパ、と子どもの名前にパパママをつけて呼ぶ保護者が多かったが、ここの子ども会は名字で呼ぶ家が多い。裕福な家庭が多い地域であることと関係があるのだろうか、と庶民の千明は思う。

とはいえ、オメガ男性である千明が他の保護者からママと呼ばれると複雑な気分になるので、これはこれで千明にとっては幸いだった。家庭でも千明をママと呼ぶのは美羽だけである。

自転車を駐めて町内会館の会議室に入ると、クーラーの涼しい風が汗ばんだ体を冷やしてくれてホッとした。

「では、バーベキューの担当役員の方々は、このあと残ってください。それ以外の方はお疲れさまでした。また来月の役員会で」

子ども会会長が言うと、役員の間に解放的な空気が流れた。

子ども会役員は、子ども一人につき小学校の間に一回する決まりになっているので、子どもが四人いる大神家は大変だ。

と言っても、毎月一回の役員会に顔を出し、年に一回イベントの係を担当すればいいだけなのでそこまで負担ではない。会長、副会長以外は役員会も来られる人だけ、来られなければ夜に会議内容をまとめたメールが回ってくる。

千明は家事育児に専念させてもらっているので、参加も特に問題ない。千明の都合が悪いときは大神が代わりに出てくれることもある。会議やイベントに父親が参加していることも多く、千明も居心地が悪くなくて済む。

会議室の隣の多目的室で遊びながら待っている子どもたちを迎えに行くときに、社交的な保護者に声をかけられた。

「わたしたちこれからカフェに行く予定なんだけど、大神さんもいかが？」

「あ……、ありがとうございます。うちは他の子どもたちが家で待ってるから、お昼作らないと。また今度誘ってください」

ときどきこんなふうに誘われて、ちょっとどぎまぎする。

オメガ男性ということでつい引け目を感じがちな自分にも声をかけてくれることは嬉しいけれど、ママたちの中にいるとなにを話していいかわからない。もちろんおつき合いは重要だと思うので、参加できるときはするようにしている。

誰かのうわさ話は静かに聞いていることしかできないが、学校の先生や行事について情報を得られるのがありがたいから。

千明に関しては、オメガ男性ということで好奇心で色々尋ねられることもある。男性オメガに子を産む機能があるといっても、もともと女性オメガより人口が少ない上、結婚して子までもうけることは稀だからだ。

覚悟しているとはいえ、そういうときは少々気分が落ち込む。と言っても、人には様々な事情があるのだから、好奇心を持たれるのは自分だけではない。

(世の中のママ友さんは、おつき合いが大変だな)

強く束縛し合うコミュニティでないことに感謝しながら、子どもたちが出したおもちゃの片づけを手伝う。

「美羽、リオナちゃんにバイバイして」

「うん。リオナちゃん、バイバーイ」

手を振り合い、炎天の中自転車に跨がる。サドルとハンドルが熱くなっていて、ちょっと驚く。

「あっつ……」

でも夏らしくて嫌いじゃない。

街路樹から聞こえる蟬の声。真っ青な空に綿をちぎったような白い雲が少しだけ浮かんでいる。

「美羽、お昼寝のあとは公園行く?」

「どうしよっかなぁ」

三歳の子どもでも、それなりに考えているところがほほ笑ましい。

「お昼ご飯までに考えといて」

おやつにはトウモロコシを茹(ゆ)でようと、自転車を漕ぎながら考える。大神の友達が大粒でつやつやのトウモロコシを送ってくれたのだ。甘くてジューシーなトウモロコシは子どもたちの大好物だ。

家の近くまで来ると、近所の二階堂(にかいどう)家の車からちょうど母娘(おやこ)が降りるところだった。二階堂家は大神家よりわずかに道を下ったところにあり、母の奈々子(ななこ)とは美羽と同い年の娘、花音(かのん)がいる関係で知り合った。

夏休み前まではときどき公園で一緒に遊んでいたのだが、最近見かけないと思っていたのだ。どこかへ出かけていたのだろうか、奈々子は濃紺のスーツ、花音は同じく紺のワンピースを着ている。

「二階堂さん、こんにちは。お久しぶりですね」

「かのんちゃん、こんにちは！」

自転車を止めて千明と美羽が挨拶すると、奈々子は優雅に会釈した。花音が美羽に向かって、

「ごきげんよう」

と言ったので驚いた。

ちょっと前までは、こんにちはと挨拶していたのに？

少々戸惑いながら美羽を振り向くと、ぽかんとした顔で唇を半開きにしている。初めて聞く挨拶がわからないらしい。

「美羽、ごきげんようもこんにちはと同じご挨拶なんだよ」

美羽は不思議そうな顔をしながら、それでもうなずいた。

奈々子は花音の手を引き、困ったように笑顔を浮かべた。

「ごめんなさいね、大神さん。お久しぶりだからゆっくりお話ししたいんだけど、着替えたらすぐにリトミック教室に行かなきゃならなくて」

「あ……、そうなんですね、行ってらっしゃい」

急いで花音の手を引いて家に入る奈々子を見送りながら、習いごとか、大変そうだなと思う。

「ママ、かのんちゃんとあそべる？」

「今日は忙しいみたい。また聞いてみようね」

花音は少しおとなしめの女の子で、積極的な美羽から遊びに誘うことが多い。あまり迷惑になってもと花音の様子を窺うが、嬉しそうにされるとホッとする。

「かのんちゃんと、かいとうモフリーナのＤＶＤみたいなぁ」

怪盗モフリーナは、幼児に人気のアニメである。真っ白でふわふわの犬を擬人化していて、絵本やグッズもたくさん出ている。美羽も花音も大好きで、よくモフリーナごっこをして遊んでいた。

夏休みの間中兄たちが家にいるので美羽もお友達と遊ぶ時間が減っていたが、もうすぐ夏休みも終わる。今度誘ってみよう。

「ただいま～」

家に帰ると、大神が庭にプールを用意して亮太を遊ばせていた。小さな滑り台のついたビニールプールを膨らませて水を入れ、直射日光を遮るためにタープテントを張っている。

「わあっ、プールだー！」

美羽の目がきらきらと輝く。

「みうちゃもあそぼ」

すでにびしょ濡れになった亮太が、プールの中から手招きする。

ハイブリッドアルファの亮太は暑さに弱いが、プールは大好きである。施設のプールと違って、家なら毛が落ちて水を汚すことを心配しなくて済むのもいい。最近おむつを卒業した美羽も、万一トイレに行きたくなっても家ならすぐに対応できる。

「美羽、先に麦茶を飲んできなさい」

大神に言われ、美羽は急いではつ江の淹れてくれた麦茶をこくこくと飲み干す。子どもはこまめに水分補給しないと、すぐに遊びに夢中になってしまうから。

フリルたっぷりのセパレートの水着に着替えた美羽は、浮き輪を持って亮太のいるプールに飛び込んだ。

わずか水深二十センチ程度だが、それでも楽しいらしく、きゃあきゃあ言いながら水をかけ合っている。

「ちーちゃんさん、焼きそばの具材これでいいかしら」

千明が役員会に行っている間、はつ江が焼きそばの具材を切っておいてくれて助かる。

「ありがとうございます。じゃあもう少ししたらホットプレート準備しますね」

人数の多い家族に大活躍のホットプレート。

バーベキュー気分で鉄板焼きはもちろん、お好み焼き、パエリア、グラタンやラザニアだってできる。

焼きそば以外には昼なので軽く、冷やしトマトと昨夜（ゆうべ）の残りのポテトサラダ、はつ江が友人の店で買ってきた焼き鳥を並べた。

「亮太くん、美羽、そろそろお昼にするから水から上がってシャワー浴びて」

「はぁい」

外に向かって声をかけると、びしょ濡れになった二人が手をつないで駆けてくる。リビングで本を読んでいた純が顔を上げた。

「ちーちゃん、亮太と美羽、シャワーするの手伝おうか？」

「わ、純くん、助かる」

純が見ていてくれるなら、その間に大神はプールを片づけられる。頼りがいのある長男は、濡れた二人の体を軽く拭いてバスルームに連れていった。

「おなかすいた〜。あ、焼きそばだ！」

夏休みの宿題をやっていた蓮が二階から下りてきて、焼きそばに目を輝かせる。

「すぐに作るから待っててね」

「じゃ、ぼく取り皿とお箸用意する」

「ありがとう」

千明はホットプレートを温め、まずは肉と野菜を焼く。一旦取り出し、次に麺を乗せる。水を振って麺をほぐして蒸し焼きに。このときに麺に少し焦げ目をつけると、屋台っぽくできて千明は気に入っている。

肉と野菜を戻し、ソースを絡める直前に天かすを振り入れた。天かすが水分を吸ってくれるのでふにゃっとならず、味もコクが出て美味しい。そしてソースを混ぜたら出来上がり。

「できたよ〜」

ちょうどシャワーから出てきた亮太と美羽が、わあっと歓声を上げてテーブルにつく。

「おいしい〜」

「海の家に来たみたいねえ」

はつ江が言い、本当だ、と思った。

ハイブリッドアルファは海水で毛がべたべたしてしまうので海にはあまり入らないが、海の家ごっこは楽しいかもと考えた。

「じゃあ今度、海の家ごっこしますか」

提案すると、子どもたちは興味津々で千明を見た。

「リビングにビニールシートを敷いて、水着のまま上がれるようにしたらどうかな」

庭に面したリビングの掃き出し窓なら、裸足（はだし）のまま上がってこられる。

「焼きそばはもちろん、鉄板で焼けるフランクフルトとかイカ焼きとか。あと、かき氷は忘れちゃいけないよね」

千明が言えば子どもたちも、

「ぼく、焼きトウモロコシ食べたい！」

「おでんもいいよね」

「カレー！」

楽しくなってきたのか、大神も
「いいな。じゃあ俺は枝豆とビールだ」

考えるだけでわくわくする。

フォークで焼きそばを食べていた美羽が、くりっとした目で千明を見上げた。

「かのんちゃんもよんでいい？」

「もちろん。誘ってみよう」

嬉しそうに笑った美羽の唇に、ちゅるん、と焼きそばが吸い込まれて消えた。


クーラーのある時代に生まれてよかった、と千明が心の底から思うのは、真夏に愛しい伴侶である大神に抱きつくときである。

今夜もベッドに座った大神にぽふんと抱きつき、頬にちゅ、とキスをした。大神も愛しげに千明を抱きしめ、頬ずりする。

「ちー、今日は暑い中子ども会の会議お疲れさま」

「奈津彦さんも、プールありがとうございました。亮太くんも美羽も、すごく喜んでました」

大神と千明は、毎晩互いに感謝を伝えることを日課にしている。なにも特別なことがなくても、家事をありがとう、仕事お疲れさま、と必ず声に出して伝える。

日頃はつい感謝の言葉を忘れがちになってしまうから。家族、夫婦とはいえ、言わなくても伝わるとは思わない。きちんと口に出すことで相手にも伝わるし、自分にもよりはっきり染み込んでくる。

おはようやおやすみの挨拶、ありがとうなどは、子どもたちも欠かさず言う。ご飯を食べれば、必ず美味しいと言ってくれることも嬉しい。

自分の夢見ていた理想の家庭だと、大神のもふもふした体に抱き止められながら思う。ときどき夢なんじゃないかと不安にすらなるのは、幸せすぎるからだろうか。

「ちー」

大神が千明を呼ぶ声に、情欲の色が混じる。性欲の衰退した人類を救うために作り出されたハイブリッドアルファは、年代を経ても精力旺盛だ。そして大神と運命の番である千明も、大神の発情の気配を感じると感応してしまう。

すん、と大神の首筋の匂いを嗅ぐと、千明の下腹に熱い疼きが広がった。

「オオカミさん……」

結婚してから、三年半。子どもまで作ったくせに、千明は素面で自分から「したい」と口に出せない。いつも大神から誘われ、了承の合図としてオオカミさんと呼ぶ。

まだ羞恥が残るのは、二人が最近になってやっと夜の営みを再開したからというのもある。

発情期以外は子どもができにくい男性オメガでも、子作りに特化したハイブリッドアルファなら可能だろう。だが実際のところ、美羽が一歳半でベビーベッドを卒業してからは夫婦のベッドの真ん中に寝かせて添い寝していたので、二人きりの時間を持つことは叶わなかった。

最近になって美羽がお兄ちゃんたちと同じ部屋で寝たがり、亮太のベッドに潜り込むようになって、ようやく夫婦の時間が持てるようになった。

それまでは手をつないだり子どもたちの目を盗んでキスをするくらいだったので、久しぶりに大神に触れられたときは、羞恥で初心な反応をしてしまって逆に大神を喜ばせたものだ。

それから毎晩のように大神に求められている。環境が許せば、ハイブリッドアルファの強い性欲は際限がない。

「ちー、口を開け」

大神に顎を持ち上げられ、獣特有の長い舌で唇をなぞられる。

「あ……」

それだけで感じてしまい、ため息のように唇を開いた。

だって知っている。この舌がどんなふうにいやらしく動いて千明を感じさせるのかを。

大神の舌が千明の口腔に潜り込み、舌を搦め捕った。

「ふ……、ん、ぁ……」

ぴちゃぴちゃと音を立てて口中を舐め回され、体の力が抜けていく。唇に触れる毛とときおり当たる牙の感触に、オオカミの野生を感じて興奮してしまう。

自分からも大神の頭を抱き寄せ、口づけを深くした。

「……き、……すき、オオカミさん……」

大神の大きな手が器用に千明のパジャマのボタンを外し、直接胸をまさぐられる。小さな粒を指先でこねられると、甘い吐息が漏れた。

「は……、あ……」

しばらく離れていた快感を思い出させられた体は、それまでを取り戻すように貪欲に刺激を欲する。毎晩弄られて感じやすくなった胸粒が、大神の指に甘えるように勃ち上がったのがわかった。

手が襟もとに移動し、するりと肩を剝かれた。パジャマが千明の腕に引っかかるだけになる中途半端に脱がされた状態は、男の欲情を刺激するらしい。

「きれいな体だな、ちー」

大神の熱い手が、千明の肩から胸を通り、脇腹に流れる。爪が乳首をかすり、ぴりっと小さな電流が流れるような快感が走った。

オメガであるゆえに男にしては細いウエストを、ぐるりと撫でられてぞくぞくする。

「来い」

「あ……」

腕を引かれ、膝立ちで大神の腿を跨ぐ。大神の頭を抱える格好になり、三角の温かい耳がくるりと回って千明の鼻先を叩いた。

オオカミの長い舌が伸び、千明の胸先をちらちらとくすぐった。

「ふ……」

熱い唾液をまとった舌が、小さな突起を縦横無尽に嬲る。下から弾き上げ、左右からこね回し、乳首全体を覆ってれるれると舐め回す。

「あ、あ、あ、あん……っ、もっと……、ゆっくり……！」

「ゆっくりしている時間なんてないだろう？」

からかうように言われ、頬が染まった。

子どもたちは離れた部屋でぐっすり眠っているとはいえ、毎夜長時間濃厚な性交をするわけにはいかない。誰かが起きてくるかもしれないし、なにかあったときはすぐ対応するために。

色気がないと言ってしまうと残念だが、できるだけ手早くしないとと思ってしまう。

もちろん即物的につながりたいわけではないから、それなりに愛撫に熱がこもる。

大神は千明を立たせると、腿を跨がせたまま壁に手をつかせた。千明から見れば、足もとに座っている大神を囲い込むような形だ。

大神の鼻先が千明の下腹部に寄せられる。

「え……、あの……」

くん、と匂いを嗅がれて真っ赤になった。

「なに……」

大神は千明の雄茎に下から、横から、鼻と口を押しつけてぐりぐりと育てる。刺激を与えられれば、そこはすぐに芯を持って内側からパジャマを押し上げた。

「待って……、これ、恥ずかし……」

立ったままなんて！

「そのまま動くな」

かぷ、とパジャマの上から雄茎を噛まれ、びくっと腰を揺らした。オオカミのビジュアルと相まって、食べられてしまいそうな本能的な恐怖が千明の興奮を煽る。

着ているものを汚す気はないのだろう。大神は千明のパジャマのウエストに手をかけると、下着ごとゆっくりと引き下ろした。

わざとウエストゴムに引っかけられた屹立が、いやらしく飛び跳ねて頭を現す。

体勢的にズボンが膝までしか下がらない。上も下も中途半端に脱がされた恥ずかしい格好のまま、大神を跨いで――――。

ピンク色の舌が伸び、宙に頭をもたげた千明の雄を下からぞろりと舐め上げた。

「ひ、あ……」

ふるん、と自分の雄が揺れるのが見える。

大神は千明の脚のつけ根を前から両手でつかむと、内腿を開くように親指でぐっと両側に引いた。

「あっ……！」

雄の根もとから蜜孔（みつあな）までを舌で撫でられ、肉づきの薄い腿を震わせる。

「う……、く、ん……、あん……」

獣の舌なら、人間のそれでは届かない部分まで一気に責め立ててくる。

蜜を滲（にじ）ませる後孔から会陰部分をこすり、ひと息に裏筋を通って先端まで。

「ひ……っ、ああっ……！」

思わず腰を引きかけたが、両手で押さえられているせいでびくんと腰を揺らしただけになった。そのぶん、壁についた手がずるりと下がる。

そのまま濡れた肉が千明の男根にからみつき、ねっとりと茎を包み込みながら扱（しご）く。

千明の視界で、後ろに寝かせた三角耳を持つ頭部が前後に動いている。バスローブからはみ出る、興奮で膨らんだ尻尾（しっぽ）が壁をこすった。ぴちゃぴちゃと音を立てて、美味（うま）そうに味わっている。

（食べられてる……）

オオカミの口に呑み込まれる、細い肉茎。濡れ光って、悦んでびくびくと震えている。発情したオメガの誘惑香が、自身の脳にも染み込んでいく。

大神が無理やり狭い脚の間に鼻面を潜り込ませ、不自由な角度から千明の後孔を執拗に舐める。小ぶりの陰嚢が男根をクッションのように包んで持ち上げ、大神が動くたびに赤く色づいた先端の小孔から透明の体液が滲んだ。

自分の興奮を視覚で確認させられ、羞恥と快感で瞳がうるむ。こんな角度で口淫をされるのを見たことがない。

「オ……、カミさん……、おいしいの……？」

あまりに美味そうな音を立てるから、ついそんな言葉が出た。心臓がばくばくする。

「俺にとっては……、おまえの体は、どんな菓子よりも甘い……。極上の酒よりも酔わされる……、最高だ」

好きな人を夢中にさせている喜びと興奮で、はあ、と熱い息を吐いた。

自分も大神の野生とセックスに酔ってしまう。快楽で真っ白に曇る頭をなお太い棒でかき混ぜられて、気を失うことも許されないような快感に毎夜翻弄されて。

獣の舌先が小さな窄まりに潜りたがってぬちぬちとつつく。けれど、さすがに前からでは中まで届かない。

体の内側を可愛がられる快感を知っている肉筒が、大神を欲しがって収縮している。熱

い蜜液を滴らせながら、もっと奥に来るのを待ちわびている。

「ん……、ん……」

意識せず、自分からねだるように腰を揺り動かした。

欲しいのに……。もっと……、もっと奥に、熱くて大きいのが――――！

「ね……、ね、オオカミさん……、すぐ、ほしい……」

ほとんど涙声でねだると、千明を見上げる大神の目がぎらりと光った。視線に貫かれたように、千明の体の中心に快感が走り抜ける。

「あ……！」

ずるっ！　と壁から手を離してしゃがみ込み、大神にすがりついて息を荒らげた。

「は……、はぁ……、あ……」

大神のバスローブの襟をつかんでたくましい胸に額を当てると、巨大なソーセージのような男根が下からにょっきりと突き出していた。体毛に覆われたハイブリッドアルファの体の中で、つるりと毛がない部分がぱんぱんに充血して、美味そうにつやつやと濡れ光っている。

乞(こ)われもしないのに、誘われるように男根に手を添えて先端に唇を押しつけた。

「ぬるぬる……、してる……」

怒張という表現がしっくりくる昂(たか)ぶりは熱く、肉の塊なのにとてつもなく硬い。怒りを宥めるように、舌を伸ばしてそろそろと亀頭の冠を濡らしていった。

大神が千明の髪の間に指を潜り込ませ、地肌をマッサージするように撫でる。ペットになったみたいで、心地よくて目を細めた。

「ちー……、深く咥えてくれ」

「ん……」

大神の雄は太く長く、思いきり口を開いても半分も呑み込めない。それでもできる限りのど奥まで先端を押し込み、頭を上下して唇で茎を扱く。

イヌ科の動物特有の、ペニスの根もとにある亀頭球と呼ばれる膨らみを、手のひらでやさしく揉み込んで愛撫した。

ふ……っ、と大神が快楽のため息をつく。

(オオカミさんも、気持ちいいんだ……)

嬉しい。

口淫に熱がこもる。自分の動きに合わせて、舌腹で精路の孔をこすった。イヌ科の動物は先走りも精液も多量と聞く。ハイブリッドアルファの大神も同様に、潮の味のする体液がこぷこぷと泉のように溢れてくる。

「う……、ふ、ぅ……」

大神の体液と千明の唾液が混じり合って、唇のすき間から垂れ流れてくる。たっぷりと肉茎になすりつけて扱くと、大神がのどの奥でぐるる……、と唸った。

「もういい、ちー。欲しい」

男根を離すと、唇がじん、と痺れた。摩擦で赤くなって、腫れているのではと思う。

大神が色を含んだ笑みを見せ、親指で千明の唇を拭った。千明の淫肉が期待でぐずぐずと蠢き、甘えた視線を向けてしまう。

「俺の番は、本当に可愛い」

「そんなの……、もう、子どもだっているのに……」

「いくつになっても、何人作ってもちーなら可愛い」

甘く口づけられて、うっとりと目を閉じる。大神が本気で言っているのがわかるから。

大神だけが可愛いと思っていてくれたら、誰に滑稽と思われてもいい。

「好き、オオカミさん……」

もたれかかってキスをすると、そのまま大神が体を倒した。千明が大神に覆い被さる形だ。

千明から動くことを求められているとわかり、こくんとのどを鳴らした。

羞恥と興奮で手を震わせながら、大神のバスローブの腰ひもを解く。

「オオカミさん……、かっこいい……」

寝転がっていてもたくましい体つきに、ため息が漏れた。

全身獣毛に覆われていて、顔もオオカミそのものなのに。獣毛の下は胸も腕もしっかりと筋肉がついているのがわかる。

獣人。

全裸になると、それを強く意識する。まるで作りもののようなのに、本物の毛とたくましい筋肉のリアルさ。オオカミの顔から、人間の言葉が滑らかに紡がれる神秘性。そして決定的に獣と違うのは、金色に光る瞳に宿るその知性。

腹の上に手をつくと、腹筋が硬く割れているのがわかる。すき間時間のトレーニングは欠かさないとはいえ、特別鍛えまくっているわけでもないのに、野性的な雄々しさに胸が高鳴った。

この美しい獣に愛されたくて、種が欲しくて、オメガの子宮が熱を持ってきゅんと引き攣(つ)れる。

「みて……」

体に引っかかっていたパジャマを脱ぎ落とした。

オオカミののどがごくりと鳴って上下する。首筋から肩、上腕を確かめるように撫でられた。

「きれいだ」

内腿をくすぐるほどに、蜜液が滴ってくる。穿(うが)たれたがって、後蕾(こうらい)が口を開いた。

大神の腹筋から、少しずつ手のひらを上に移動していく。胸をまさぐって毛に隠れた小さな粒の存在を確認すると、大神が息を漏らすように笑った。

「舐めてみたいか。おまえと違ってミルクは出ないが」

「おれだって、もう出ません」

「またここから出るようにしてやりたいものだな」

言いながら、大神の指が千明の乳首をつまんでこねる。白く溢れた乳汁を大神に味わわれたことを思い出し、種を求めた腰奥が熱く濡れた。千明の性的な昂ぶりを示す誘惑香がふわりと匂い立つ。

またこの人の子が欲しいと思うのは、オメガの本能だ。

「ほら」

欲しいだろう、と言わんばかりに、大神が自分の男根に手を添えて先端を千明の後孔にあてがう。

ぬちゅ、と蜜孔と濡れた先端がキスをして、ぐっと千明の中に割り込んできた。

「あ……、あぅ……、く……」

自分から少しずつ腰を落としていくごとに、腰から背中を通って頭の後ろまで期待の痺れが駆け上がった。奥まで挿入しきって激しく揺さぶられれば、すぐに激しい快楽に翻弄されることを知っている。

ハイブリッドアルファを受け入れられるようにできているオメガの体は、やわらかく口を開いて巨大な塊を呑み込んでいく。

腰が砕けてしまいそうなのに、もっと奥まで欲しくてたまらない。

「あ……、あ……」

亀頭球のぎりぎり手前まで、みっちりと収めきって深く息をつく。発情期でもないと、女性の握りこぶしほどもある亀頭球まで収めきるのは辛(つら)い。

完全に腰を落とすと自重で亀頭球が埋まってしまいそうで、腿をぶるぶると震わせて腰を浮かせた。

「辛いだろう、ちー。おいで」

上腕を引かれ、大神に寄りかかって体重を預ける。絨毯(じゅうたん)のような毛に抱き止められて、ホッとした。

大神が千明の首を前からつかむようにして顎を上げさせ、深いキスをする。

「ん……、ふぁ……」

後孔に男を咥え込んだまますするキスは、いやらしくて気持ちよくて意識がどろどろに崩れてしまう。

夢中でオオカミの口を貪(むさぼ)っていると、大神が軽く腰を突き上げ、つきんとする快感が体の芯を貫いた。

大きな両手が千明の尻肉を包み、やわらかく揉む。

「んん……」

大神は千明の尻を特に気に入っていて、放っておけばいつまでも揉んでいたがる。けれど挿入されたままでは、千明にとって焦れったい快楽責めも同然だ。挟んだ男根を肉を寄せ集めて意識させられれば、太さ、硬さ、形までリアルに後腔で感じてしまう。

そして突き上げて欲しがる肉筒が勝手に締め上げるのだ。

千明はもじもじと尻を揺り動かし、涙目で大神にねだった。

「もう……」

ちょうだい、と言えない言葉は呑み込んで視線に乗せる。

大神は愛しげにも意地悪にも見える表情で、ネコにするように千明の顎下をくすぐった。

「おまえのいいように動いてみろ」

ぐっ、と片方の尻を強くつかまれ、自分と大神の腹の間で押し潰された雄茎がじんと痺れた。

「ん……」

座位で向かい合わせになっていると、大神の首を抱けるから密着が強くなる。ふわふわの毛に触れる肌も気持ちよくて、大神の匂いを首筋から思いきり吸い込んだ。

「オオカミさん……、いいにおい……」

特に獣の匂いがするわけではないのに、千明にとっては心を酔わせるようなかすかに官能的な匂いを感じる。これがフェロモンなのだろうか。

愛しくてたまらなくなりながら、ベッドについた膝に力をこめて腰をゆっくりと持ち上げた。

「んあ……、あ……、こすれ、て……、きもちい……」

気持ちよすぎる。

雄を咥え込んだ肉孔はもちろん、腹の間でこすられる陰茎も感じる。下腹を突き出すようにして、大神と自分の雄を同時に扱く行為に没頭した。

よすぎて脚に力が入らず動きが鈍くなってくると、大神が千明の腰と太腿に腕を回し、動きをサポートしてくれる。より快感が高まった。やすやすと絶頂への階段を駆け上がっていく。

「あん、あん、あぁ……、や、もう……、これ……、このまま……っ」

千明の中に埋まった極太の肉棒が、ぐんとかさを増す。

「おっき……ぃっ、あ、いく……、いく、でるっ……、オオカミさ………!」

ぎゅうっと抱きしめられ、千明の動きに合わせて大神が腰を突き上げた。

「あああぁぁぁあああ――――……っ、っ、っ！」

灰褐色の大神の毛に白濁が飛び散ると同時に、どぷ……、と大量の精液が肉筒に流れ込んでくる。

千明の中に何度にも分けて、シャワーのように注ぎ込まれる迸りが後腔を満たす。

「あ……、ああ……」

イヌ科のセックス特有の大量の精液を注ぎ込まれてたぷたぷになった蜜壺を、まったく硬さを失わない肉棒でかき混ぜられて身悶えた。

「……愛してる、ちー。俺の可愛い番……」

「おれ、も……、あいしてる……」

「早く二人目が欲しいな……」

唇を重ねて、ずっとこうしていたいと思いながら目を閉じた。

2.

美羽の手を引いた千明は、門扉の外にある二階堂家のチャイムを押した。

軽やかな音が家の中で響くのをインターフォンで聞き、返事を待つ。

花音と遊びたいという美羽に頼まれ、奈々子にラインを送ろうと思ったが、ほんの数軒しか離れていないので直接誘いに来たというわけだ。

インターフォンからは応答がないが、庭から声が聞こえるのに気づいた。

「かーのーんーちゃん！　あーそーぼ！」

美羽が庭に向かって声をかける。

すぐに白い体操服に身を包んだ花音が駆けてきて顔を出し、嬉しそうに笑った。

「みうちゃん、おはよ」

「おはよー！」

美羽が手を振ると、急いだ様子でジャージ姿の奈々子が花音の背後から姿を現した。

「花音、おはようじゃなくてごきげんようでしょう。それに、ちゃんじゃなくてさん」

花音は首をすくめ、奈々子をちらりと見てから美羽に視線を戻した。

「みうさん、ごきげんよう」

「大神さん。ごきげんよう」

千明は少々面食らいながら、

「あ……、お、おはようございます？」

と返した。

疑問形になってしまったのは、とっさにごきげんようと返せばよかったのか？　と思ってしまったからだ。それに、美羽にもさんづけ？　そういえば先日も花音がごきげんようと言っていたと思い出す。

家でジャージや体操服を着ているなんて、運動の最中だったのだろうか。

「あの、美羽が花音ちゃんと遊びたいって言うので、誘いに来ました。連絡なく来ちゃってすみません」

「まあ。ありがとうございます、今お庭で縄跳びの練習をしていて」

美羽がはいっ！　と耳につくほどぴんと腕を伸ばして手を挙げた。

「みう、なわとびじょーず！　かのんちゃんとする」

上に兄が三人もいる美羽は、言葉も早いがどんな遊びも同年齢の子よりもかなりできる方だ。縄跳びは両足ジャンプができるようになってすぐ、兄に教えてもらって覚えた。

奈々子は困ったような、考えるような顔をしたが、すごく遊びたそうな花音を見てため息をついた。

「そうね……、お友達とコミュニケーションを取るのも重要だし。大神さん、悪いけど縄跳びの練習につき合ってもらってもいいかしら」

「もちろんです。ね、美羽」

美羽も嬉しそうに思いきりうなずいている。

千明は思いついて誘った。

「あ、じゃあうちに来ませんか。縄跳び一人用も何人かで遊ぶ用もサイズありますし」

「そうさせていただきますわ」

あれ？

奈々子の方も、以前はもう少しくだけた言葉遣いだった気がする。なんというか、上品度が上がったというか。いや、上品なのはいいことなのだろうが。

千明の方は奈々子より数歳年下なので、親しみを込めて部活の先輩に対する程度の敬語を使っている。

奈々子と花音を伴い、家に戻った。玄関を上がり、二階にいる蓮に声をかける。

「ただいま～。蓮くん、子ども部屋に縄跳びあったよね。美羽と花音ちゃんに貸してもらっていい？」

すぐに二階から縄跳びを手にした蓮が下りてくる。周到に、数本の縄跳びを用意していた。

蓮は奈々子と花音の前に来ると、明るく挨拶をした。

「花音ちゃんのママ、こんにちは。花音ちゃん、縄跳びの練習するの？　ピンク色のは一本しかなくてごめんね」

「みうのピンク、かのんちゃんにかしてあげる」

美羽がすかさず自分のピンク色の縄跳びを花音に差し出す。花音はパッと笑って、縄跳びを受け取った。

「ありがと」

しかし奈々子は笑顔を作ったまま花音からピンク色の縄跳びを取り上げ、美羽に返した。

「ありがとう、美羽さん。お友達に自分の大事なものを貸してあげられて偉いわね。でも花音は、決まった白い縄跳びで練習しないといけないの」

花音は残念そうな顔をし、美羽はきょとんとしている。

「決まった白い縄跳び？」

千明が尋ねると、奈々子はわずかに顎を上げて、花音の頭を撫でながら答えた。

「ええ。花音、しらとり学園付属幼稚園をお受験することにしましたの。今はその準備で忙しくて、なかなか遊ぶこともできなくてごめんなさい」

「お受験……」

ぽかん、と口を開けてしまった千明同様、美羽は大きな目を瞬いた。

「おじゅけんって、なぁに?」


運動させる前にまずは水分補給、ということで、リビングで麦茶を出した。

「どうぞ」

「ありがとうございます。ほら、花音」

花音はお行儀よく、

「ありがとー、ございます」

と言って麦茶のプラスチックコップを手に取った。

花音が上手にコップを使っているのを見て安心した奈々子は、自分もグラスに口をつけた。驚いたように、かすかに目を開く。

「美味しい」

「お母さまが好きなんで、丸粒の麦茶を煮出してるんです。香りが出て美味しいですよね」

千明は一人暮らしのときはペットボトルの麦茶を飲んでいたが、大神家に来てからはつ江のやり方で煮出し麦茶を作っている。

丸粒の麦茶をから煎りし、沸かした湯に入れて数分煮出す。あとは冷めるのを待って網で漉すだけでいい。

初めて飲んだときは、こうまで違うのかと千明もその美味しさに感動した。それ以来、積極的に煮出し麦茶を作っている。冬は温かいまま飲むのもいい。

奈々子は感心したように息をついた。

「丁寧な暮らしをされているのね」

「いえいえ、やってみるとそんなに面倒でもないんですよ」

基本的には放置だし、網で漉す程度の手間しかかからない。

「わたしはあんまり家事が得意じゃなくて……」

言いながら、奈々子はお受験に至ったいきさつを話し始めた。

二階堂家が花音の幼稚園お受験を決めたのは、夫側の両親の強い希望によるものらしい。一代で財を成した二階堂の父は、自分が息子の幼少期に金をかけられなかったことに引け目を感じていて、孫には高い教育を望んでいるのだとか。

花音が二歳になった頃から執拗に名門幼稚園を勧められ、ついに根負けして夏前から幼稚園お受験対策のスクールに通い始めたという。

「もう、言葉遣いからなにから厳しくって」

ごきげんよう、は挨拶として家でも使うよう指導されるのだとか。お友達は男女問わずさんづけ。これは一部の幼稚園や小学校でも使っているから、初耳でもない。近所のお友達だと違和感があるが、未就園児にシーン別に敬称を変えるのは無理な話だ。幼稚園の方針に合わせるしかないだろう。

しらとり学園付属幼稚園は、千明たちの住む町の隣市にある、歴史のある名門幼稚園である。通園可能な圏内の幼稚園ではダントツの競争率を誇っている。ということくらいしか千明は知らない、縁遠い存在だ。

千明は庶民も庶民、保育園から公立小学校、その後も公立中学、バイトしながら公立高校、奨学金をもらって大学へと、名門とは縁のない学生時代だった。

お受験なんて、テレビドラマの話くらいの認識である。しかし考えてみれば、大神家のある住宅地は昔ながらの資産家も多い高級住宅地。周囲には名門幼稚園や有名私立校に通っている子どももいる。

はつ江も大神も私立学校にこだわらないので、子どもたちは地元の公立小学校に通っているが。もちろん美羽も近くの幼稚園に通う予定である。

ストレスが溜まっていたのか、奈々子はここぞとばかりに色々と吐き出した。

お受験用のスクール以外にもリトミックや水泳、英語、絵画教室に通い、家でもカリキュラムを渡されてこなさなければならない。縄跳びもその一環だという。

立ち居振る舞い、言葉遣い、料理や遊びにまで気を遣い、気が休まる暇がないと嘆く。

「うわ……、大変ですね」

「もう気が狂いそう」

はあ～、と深くため息をついた奈々子は、かなり疲れているようだ。しかし親もこれでは、花音も疲れてしまうのではないかと心配になる。花音がやりたくてやっているのならいいのだが。

「かのんちゃん、なわとび、しよ？」

「うん」

幼児用椅子から下ろすと、美羽は自分の使ったコップをキッチンのシンクに運んだ。

「かのんちゃん、コップこっち」

奈々子はまた感心したように美羽に目を向けた。

「美羽さん、自分の使った食器はちゃんと片づけられるのね。しっかり躾けてらして感心するわ。花音はまだ言われないとなかなかできなくて」

「うちは上が三人もいるので。勝手に教えてくれるし、美羽も覚えちゃうんです」

特に亮太がお兄ちゃんらしく、みうちゃんこっちだよ、こうやるんだよと、いつも世話を焼いている。赤ちゃんの頃、いちばん美羽に話しかけて言葉を教えたのも亮太だ。何度も何度も、言えるまで根気よく言葉を繰り返し、言えたら手を叩いて大喜びした。美羽も嬉しいらしく、積極的に言葉を覚えたものだ。

遊びもしかり。三人のお兄ちゃんに囲まれて、サッカーボールでだって遊ぶ。おかげで、千明も大神もはつ江も特に熱心に教育をした記憶はないが、美羽はひととおりなんでもできる。いい子たちに恵まれたことが、最大の幸運である。

「そうなのね、うらやましいわ。ね、美羽さん。美羽さんはお手伝い好き？」

奈々子が美羽に尋ねると、

「おてつだい、すき！」

と元気に答えた。

「どんなお手伝いをするの？」

「みうね、クーたんのごはんとおトイレのおそうじがかりなの」

「ご飯とおトイレ？」

美羽はうなずくと、リビングの端に置かれた猫用ベッドでだらりと涼んでいたクーを呼んだ。

「クーたん、おいで」

焦げ茶色の縞模様を持った愛猫のクーはにょき、と首を伸ばして美羽を覗き、一度尻を上げて長々と伸びをしてベッドから飛び下りた。

にゃあ、と鳴いて美羽に体をすり寄せたクーを抱き上げ、膝に乗せて頬ずりする。

「このこ、クーたんです。クーたんのごはんと、おトイレはみうがやるの」

ドライフードを皿に出したり、飲み水を足したり、皿を洗ったりする。猫用トイレは、尿をすると固まる砂を使っているので、スコップで取ってビニール袋に入れる。

「美羽は好奇心が強いので、なんでも手を出したがるんですよ。お掃除もお料理もよく手伝ってくれます。でも、包丁と針だけは怖くておれもまだ持たせられません」

千明が言えば、奈々子はうんうんとうなずいて美羽の頭を撫でた。

「まあ、まあ、本当に偉いのね、美羽さんは。ペットを飼うのは情操教育にもいいって言うし、うちも考えてみようかしら」

クーを撫でていた花音がすかさず、奈々子を見上げた。

「かのん、うさぎさんがいいなぁ」

「そうね、うさぎは静かだし可愛いかも」

確かにうさぎはふわふわで可愛い。家にいたら心が和むだろう。お受験でぴりぴりしている気持ちも、癒やされるかもしれない。

「さ、縄跳びの練習しようか」

千明が声をかけると、美羽と花音は揃って縄跳びを手にした。

庭の一部は、子どもが三輪車で遊ぶのに困らないよう、凹凸の少ないつるりとしたタイル張りになっている。縄跳びにもちょうどいい。

「みてみて、かのんちゃん！」

　美羽はピンクの縄跳びを回し、上手に両足でジャンプして跳んでいる。ちょっと思いきり跳びすぎて、一回ずつしかできないのはご愛敬だ。

「すごぉい、みうさん」

　体操服姿の花音は、受験する園指定だという白いひもに木の持ち手のついた縄跳びをくるりと回した。

　が、そもそも上手にひもが回せず、花音の頭の上で力を失ったひもはへにょりと落ちてしまった。

「花音、もっと腕を体に近づけて」

　奈々子が声をかけるが、三歳児には言葉だけでは難しいだろう。幼児は目で見ている動きを上手に模倣できるわけではない。

「そうじゃないわ、こう」

　奈々子が後ろから花音の手を取り、回し方を指南する。何度かやって、花音もコツをつかめたらしい。

「いいわよ……、ほら、跳んで！　……あ～、もっと早く跳ばないと、足にぶつかっちゃうでしょ」

　奈々子の声に落胆とかすかに苛立ちが混じり、花音が唇を尖らせた。

　花音はジャンプのタイミングがわからないらしく、上手に回せたときでもひもを踏んでしまう。

しかし親の叱責やがっかりした態度は、子どものやる気を削いでしまわないかと心配になったとき。

リビングから見学していた蓮が声をかけた。

「ぼくの友達でも、最初縄跳び苦手な子がいたんだ。体育の先生に教えてもらって練習したら、すぐに跳べるようになったよ」

「蓮くん」

「ちょっと待ってて。一緒に教えてあげる」

蓮は玄関に回ると、靴を持って戻ってきた。ついでにリビングの窓際に、ノートパソコンを持ってくる。

「花音ちゃん、ジャンプするときに足が離れちゃうから、まずは両足ジャンプの練習しようか」

蓮がマウスをカチッと操作すると、パソコンから幼児番組でよく使われるダンスの曲が流れてきた。蓮が軽快に踊り出す。美羽も大好きな曲で、一緒になって踊り始めた。

「はい、曲に合わせてジャンプ！　いち、にの、さん！　いち、にの、さん！」

手拍子をしながら、さんで一斉にジャンプをする。

「そう、花音ちゃんも美羽も上手！　花音ちゃん、前じゃなくて上にジャンプするよ、はいっ！」

蓮が正面から花音の手を取り、真上にジャンプさせる。上に引き上げる力が加わって高く跳べるので、花音は楽しそうにきゃあっと声を上げた。

「なんだぁ、花音ちゃんジャンプ上手じゃん。これならすぐ縄跳びできちゃうよ。あとはタイミングだけだね」

蓮に褒められて、花音は自信が出たような顔になった。

「よーし、次は縄を跳んでみようか。ちーちゃん、ひもの反対側持って」

蓮に縄跳びの一方の端を渡され、ひもが真っ直ぐになるように引っ張る。

「ちーちゃん、まだ動かさないで。じゃあ美羽からこのひも両足ジャンプで越えてみようか。へビさんだと思って、踏まないようにね」

美羽は、「へびさん、こわーい」と笑いながら、ぴょんとひもを飛び越えた。続いて花音が。ひもは動いていないから簡単だ。

ジャンプに問題がないのを確認し、千明と蓮で端を持った。

「ゆっくり動かすから、近くに来たら飛び越えて。へビさん、踏んじゃダメだよ～」

蓮がおどけた口調で言い、地面に沿ってゆっくりひもを美羽と花音の足もとに近づけていく。

想像力豊かな幼児たちはへビが近づいてくるドキドキ感に頬を紅潮させながら、足もとに来たひもをえいっと跳んだ。

「踏まなかったね、えらい！　よーし、少し速くするよ」

スピードを速めて何度か繰り返したが、二人とも上手に跳んでいる。

「オッケー、ジャンプは問題なし。次はひもを回す練習してみようか」

え、もう？　と思うほど短時間だが、幼児の集中力はそんなに長く続かない。そして新しいことを早く早くと覚えたがるものだ。

（蓮くん、教えるの上手いな）

サッカークラブに通って先輩後輩で教え合ったりしているせいだろうか、年少への声かけがフレンドリーで扱いが上手だ。花音はすっかり頼れるお兄さんに懐いた表情をしている。

蓮は縄跳びの真ん中を結んで瘤（こぶ）を作ると、ひもを半分に折って片手で持たせた。

「最初から両手回しって難しいんだよ。まずは片手からやってみよう」

背後に立った蓮が持ち手を握った花音の手を包み、一緒に回し始めた。

「ひもの結び目を大きく回すようにするんだよ。で、自分の近くの地面にぴしって叩きつける」

リズミカルに、縄跳びが地面に叩きつけられる音が響く。蓮が支えているから、花音の腕が体から離れることもない。

「いいね、次は左手」

左手でも同じように練習し、次は両手に一本ずつ持つ。くるんくるんと両手で回すと、左右バラバラのタイミングで地面に打ちつけられる音がした。

「さっきのダンスの曲に合わせて回すよ」

蓮が再度マウスをクリックし、曲が流れ始めた。

なにもなく縄を回すより、音楽に合わせた方が断然左右のタイミングが合う。

「え、すごい蓮くん！」

蓮はへへっと笑った。

「体育の先生が教えてくれんだけどね！　ぼくの友達、すぐできるようになってすごいって思ってたから、誰かに教えてあげようと思って」

蓮は奈々子を振り向くと、きらきらっと輝くような笑顔を向けた。

「花音ちゃんのママ。練習のときは、最初はひも結んだままにしておいてね。ひもが軽いと跳びにくいんだって。あの結び目が重りになるんだって先生が言ってたから。あと、花音ちゃんが上手にできなくても怒らないであげて。できたらいっぱい褒めてあげてね。縄跳びって楽しいからさ」

奈々子は胸を衝かれたように目を開き、それからかすかに赤らめた頬に手を当てた。

「え……、ええ、そうね。ありがとう、蓮く……蓮さん」

千明にはすぐにわかった。蓮は、本来楽しいはずの縄跳びで怒られている花音が気の毒だったのだ。

やさしい子だな、と思う。

奈々子は気落ちしたように、視線を地面に向けた。

「わたし、子どもの気持ちに寄り添って教えられないのね。上手くできないと焦ってすぐ怒っちゃって」

「花音ちゃん、上手だよ。ママに褒めてもらえたら、もっと頑張っちゃうんじゃないかなぁ」

奈々子は小さく笑って、そうねとうなずいた。

「さ、ぼくのど渇いちゃったから手洗って麦茶飲んでこようっと」

蓮の背中をうらやましげに見送った奈々子は、はあ、とため息をついた。

「兄姉がいるっていいわねえ。色々教えてもらえて」

「おかげで助かってます」

本心から言った。

「暑いから、おれたちも中に入って休みませんか。美羽と花音ちゃんも長時間外にいるのは熱中症の危険もあるし」

子どもたちは、自分の体力などわからないものだ。特に遊びに夢中になっているときは。

親が気をつけなければ。

まだ縄跳びをしたがる美羽と花音を説得し、クーラーの効いたリビングに戻る。

きちんと手を洗って折りたたみテーブルの前に座った二人に、みかんを入れて作ったミルクゼリーを出した。練習しているのか、花音はスプーンの持ち方がきれいだった。

「かのんちゃん、おず……、おずけんって、なわとびなの？」

「美羽、お受験だよ。縄跳びだけじゃなくて、いろんなことするんだ。ね、花音ちゃん」

花音はゼリーを口に入れると、こっくりうなずいた。

「しらとりがくえん、ふぞくようちえん」

何度も練習したのだろう、花音は間違えずに言い、美羽は千明を見上げた。

「みうも、おじゅけんある？」

「美羽の行く幼稚園はないよ。花音ちゃんは、違う幼稚園に行くから」

美羽は眉を八の字にした。

「かのんちゃん、みうとおんなじようちえんじゃないの？」

「同じ幼稚園じゃなくても、おうちでは一緒に遊べるよ」

美羽は「えー」と唇を尖らせた。

近所の子どもたちが園バスに乗って幼稚園に行くのを見ている美羽は、来年お友達と一緒に幼稚園に行くことを理解している。亮太にも色々尋ねて、おゆうぎや工作も楽しみにしていたのだ。

「じゃあ、みうさんも、しらとりがくえん、ふぞくようちえんいく？」

「え？」

花音に尋ねられ、美羽は困ったように小さな頭を左右にこてんこてんと倒した。

「うーん……、リオナちゃんも、いくかなぁ……」

花音とリオナは、美羽の二大仲よしのお友達なのだ。ちなみにリオナは地元の公立幼稚園に行くだろう。リオナの兄姉も地元幼稚園組だから。

「しらとりがくえんふぞくようちえんのせいふく、すっごくかわいいの」

花音の言葉に、美羽がパッと振り向いた。

「かわいい？」

「うん。だからかのん、しらとりがくえんふぞくようちえんいきたいの」

花音はしらとり学園付属幼稚園をフルネームで言うよう指導されているのだろう、しらとり、と縮めては言わないようだ。

「みたーい！」

美羽にねだられ、千明は先ほど蓮が置いていったノートパソコンで、しらとり学園付属幼稚園の制服を調べた。

画像が出るや、美羽の視線が釘づけになる。

　夏服は胸下の切り替えでふわっとAラインになるオフホワイトのセーラーワンピースに、赤いチェックのチョウチョ型リボンがついている。縦に三つ並んだ金ボタンがアクセントで、まるで天使のようだ。

　冬服は色が変わって、やさしいキャメルの同じデザインの長袖にボレロがついている。極めつきは、小さな金色のエンブレムの入った赤いベレー帽だ。

　しらとり学園付属幼稚園が女児専門なこともあり、まったく自分に関係なかったから意識していなかったが、あらためて見ると確かにとんでもなく可愛い。

「か……」

　美羽が唇を丸く開き、ふるふると体を震わせた。

「か・わ・いい～～～～～!!!」

　パソコンにへばりつかんばかりに興奮して、美羽の三つ編みおさげがぴょこんと揺れた。

　花音も、「かわいいでしょ、かわいいでしょ！」と二人でテンションマックスだ。

「みう、かのんちゃんとおんなじようちえん、いく！」

　千明の服を引っ張って、きらきらした目で訴える。

　奈々子は嬉しそうに両手を合わせた。

「それがいいわ。花音も仲のいいお友達と一緒にお勉強できたら楽しいだろうし。春の入園説明会はもう終わってしまったけど、秋のは九月にありますわ。花音と同じお受験教室もご紹介するわよ」

若干疲れた顔に、「道連れ仲間を見つけた！」と言わんばかりに嬉々とした表情を浮かべている。

「え、ちょ……、す、すみません、急には……。まず夫とも相談してみないといけませんし……」

「しらとりは名門だから、ご主人も喜ばれるんじゃないかしら」

突然の話の流れに動揺して、なんと返していいかわからない。

すっかりその気になって花音ときゃいきゃい騒いでいる美羽を横目に見て、なんとか笑顔を作った。

「とりあえず、夫に話してみます……」


「しらとり学園付属幼稚園？」

聞くなり、大神は眉間に皺を寄せた。

夜、子どもたちを寝かしつけてから、ベッドに並んで腰かけた大神に午前中の出来事を話した。

「どう思いますか？」

「私立にも公立にもどちらもいい面があるから、一概にどっちがいいとは言えんが、俺は取り立てて私立を選ぶほどのメリットを感じない」

「ですよね」

メリットと言えば、高校まで安定した一貫教育を受けられること、教師の質が揃っていること、公立よりきめ細かく子どもをケアしてくれること、丁寧に行儀作法を教えてくれること、そして有名な名門幼稚園であるというステータス。

大神は子どもは庶民的な環境でのびのびと育つのがいいと考えていて、ステータスにも興味はない。友達とけんかや意見のぶつかり合いも当然のこととして、義務教育の間は様々な家庭環境、勉強のレベルも違う生徒が混在する公立校が望ましいと思っている。

「それに、送り迎えや親同士のつき合いはなかなか面倒だぞ」

「……ですよね」

千明的には、大きな問題である。

しらとり学園付属幼稚園のスケジュールを見ると、月、火、木は九時から十三時三十分、水、金は九時から十一時まで。隣市にあるので、バスと電車で通うなら片道一時間以上かかる。

九時に子どもを預けて十三時三十分に迎えに行くには、一旦家に戻ってきても一時間くらいしか過ごせない。千明が自分の昼食を取るだけで精いっぱいだろう。水、金に至ってはどこかで時間を潰して待たねばならない。生活時間にかなり余裕がなくなるのは目に見えている。

臨時的なものならともかく、三年間と考えると難しい。なにしろ美羽一人でなく、他に三人も子どもがいるのだ。大神だって自宅とはいえ仕事をしている身で、そうそう家事や子どもの面倒は任せられない。

「まあ、送迎は運転手を雇って任せれば問題ないが」

「そんな、もったいない」

大神家はもともと住み込みの家事手伝いを雇っていたから抵抗ないだろうが、庶民の千明には贅沢(ぜいたく)すぎて腰が引ける。

「問題は保護者づき合いだな。服装から会話から、相当気を遣うぞ」

「やっぱり、庶民は入れない鉄壁のコミュニティが築かれてるんですか……?」

テレビドラマで見たお受験戦争、セレブマダムによる庶民イジメが頭をよぎる。

大神はぷっと笑った。

「ああいうところに通う富裕層は、どちらかというと自慢も意地悪もしない人間が多い。表面上は物腰が丁寧で、人としてはつき合いやすい。頭の中でどう考えているかは知らんがな。ただ、俺からすれば上品すぎて肩が凝る」

常に服装に気を配り、大げさにならない笑みを浮かべて子どもの手を引き、顔を合わせればごきげんよう、ホームパーティーに招待し合い、夫婦揃ってワインや高級菓子を持参で当たり障りのない会話をホストと交わす。

考えるだけで疲れた。

「ただ、美羽がすっかりその気になってるんですよね」

子どもが行きたいというなら、親としては希望を叶えてやりたい。

ふむ、と大神は顎に手を当てた。大神だって、子どもが望んでいるなら力になりたいと思っているはずだ。

「一過性の熱だとは思うが……。頭から否定したくはないな。ちー、おまえはどうだ。取り繕わなくていい、正直に言え」

「……正直に言えば、気が重いです。保護者同士のおつき合いとか……、あと、おれやっぱ男性オメガなんで、浮いちゃうと思うと怖いし……。それに、お受験て親の面接もあるんでしょう？　自信ないです……。でも……」

大神は急かさず、千明の言葉を待っている。

千明はぎゅっとパジャマの裾を握った。

「でも、本人がやりたいって言うなら、親として協力したいです。おれの弱さで、美羽の好奇心を潰したくない」

オメガだからできなかったこと、諦めたこと、たくさんある。だからたとえただの好奇心ですぐに飽きてしまうとしても、やらせて本人に納得してもらいたい。やらせてもらえなかった、という思いは、きっと心の中に残ってしまうから。

我慢を知ることも重要だが、それは違うときでいい。受験勉強の中で、自然と我慢を強いられる場面もあるだろう。

幸い大神家は裕福で、子どもたちのやりたいことを応援してあげられる余裕がある。ならば、自分たちは子どものやる気を尊重してサポートするだけだ。先回りしてできない理由をつけることはない。

大神はほほ笑むと、千明の頭をやさしく撫でた。

「強くなったな、ちー。嬉しいぞ」

千明は照れて、頬を赤くした。大神に頭を撫でられると、父親に褒められているみたいで嬉しい。

「家族のおかげです。奈津彦さんと結婚できてよかった」

大神の手に自分の手を重ねて笑うと、突然すごい力で抱き寄せられてベッドに押し倒された。

「え……っ？」

「はにかんだおまえの笑顔にムラッときた。可愛すぎる」

「ム……！」

ムラッとって！

助平親父（おやじ）のような言い方に恥ずかしくなって、思わず大神の肩を押し返した。それが余計、大神の興奮に油を注いだらしい。

「こら、暴れられると獣の本能が目覚めてしまうだろうが」

口調は冗談めかしているが、金色の目の奥に本気の光が見える。その視線に貫かれるだけで、千明の背筋にぞくっと興奮が走った。

この目をされると、いつも自分が獲物になった錯覚に陥ってしまう。今夜もオオカミの食事が始まる――――。

手で首を押さえられ、思わず開いた唇に獣の舌が潜り込む。

「ふ……、あ……」

千明の口腔を舐め尽くす激しい動きに、すぐに意識が持っていかれる。大神を知るまで、口の中がこんなに感じる器官だとは知らなかった。

陰茎のつけ根がきゅうきゅうと甘く絞られて、パジャマの下で硬く勃ち上がるのがわかる。口を犯されているみたいな興奮が、かすかな電流のようにぴりぴりと千明の肌を包んでいく。

気持ちよくて、でも呼吸が苦しくて、いつしか目尻に涙が溜まる。

「オオカミ、さ……」

大神の口が離れても、舌を差し出すように半分伸ばしたまま、濡れた唇を半開きにして震わせた。

大神ののどがごくりと鳴って上下する。

「発情期でもないのに、キスだけでこんなにとろとろになって……。本当におまえは可愛い。美味そうな仔ヒツジだ」

早く次の刺激が欲しくて、千明は無意識に大神に腕を伸ばす。

「もっと……」

のど奥を低く鳴らして笑った大神が、千明に覆い被さる。大神は愛しげに千明の額の髪を手で梳き上げ、キスをした。

「可愛いな、ちー。おまえに会えて本当によかった」

温かくたくましい重みを受け止めながら、愛してる、と互いに何度も伝え合った。

3.

聞くまで知らなかったが、なんと大神の妹ゆきはしらとり学園付属幼稚園出身だという。

「え、ゆきさんそうだったんですか？」

大神家は裕福なので、言われてみればありそうな話だが。

「ああ。高校までしらとり学園、大学は有名女子大。絵に描いたようなお嬢さま進学コースだ」

それでいて中身はアレだ、と大神が鼻を鳴らしたのには笑いしか出ない。

ゆきは恋愛体質で自由奔放で、思い込んだら一直線！　という性格だ。嵐のように人を振り回すが、自分に正直で、他人に意地悪な見方もしない。話してみれば意外とつき合いやすい面もあったりする。

「そういえば、奈津彦さんは公立だったんですか？」

聞いたことがなかった。

「俺か？　俺は父の強い希望で幼稚園から私立通いだった。それに、近くの公立はその頃はまだハイブリッドアルファの受け入れ体制が整っていなかったからな。選択肢が限られていた」

そうか。動物の毛を持つハイブリッドアルファは、人によってはアレルギーが起こる場合もある。いまだに受け入れ可能な教育機関にしか通えないのだ。

三男の亮太が近くの幼稚園に通えたのも、大神が前例であったために体制を整えてくれたのかもしれない。

「実際のところ、しらとりはかなり倍率の高い幼稚園だ。今からではせいぜい記念受験がいいところだろうな。俺たちも美羽も、それくらい気楽な気持ちで臨まないと厳しいだろう。もちろん親が手を抜くわけにはいかないが」

大神はおもちゃのネコじゃらしでクーと遊んでいる美羽を手招きした。

「美羽、おいで」

「はーい」

美羽がネコじゃらしを持ったまま大神の膝に乗ると、追いかけてきたクーも飛び乗った。愛娘と愛猫に両膝に乗られた大神は、千明が見てもわかるくらいデレッと顔を弛めた。

ひとしきり美羽とクーを撫で回すと、収まりのいいように座り直した。

「しらとり学園付属幼稚園に行きたいんだって？」

「うん！」

「たくさん勉強をしなければいけないぞ。お友達と遊ぶ時間も少なくなる」

「おべんきょう、すき」

兄たちが宿題をするのを見て、美羽にも美羽にもとせがまれ、図鑑で動物や昆虫の名を教えたり、色の名前を英語で教えたりした。美羽にとっては、勉強は遊びと同じくらい楽しいのだ。

それに、まだその程度の言葉で熱が冷める段階ではない。

「頑張れるか？　美羽が頑張るなら、パパとママも頑張る」

「がんばる！」

まだ頑張るの意味もわからなそうな年齢だが、やる気は感じられる。

テレビゲームをしていた純が振り向いた。

「美羽、幼稚園お受験かぁ。家族で応援しないとな。ね、今の時間ならママとアレックスさんと話せるんじゃない？　ちょっと話聞いてみたら？」

純、蓮、亮太はゆきの子なので、三人はゆきをママやマミーと呼ぶ。アレックスはゆきの夫で、亮太の実父だ。ゆきとアレックスは子どもをもうけて現在アメリカに住んでいる。

意外にもアレックスが子煩悩で、子どもが生まれてから一年は仕事を休んで子育てしていた。そんなアレックスとゆきとは、ときどきオンラインで互いの子どもの顔を見せ合って交流している。

「今あっちは午後九時前くらいかな。キラちゃんは寝てる時間だね」

キラはゆきとアレックスの間に生まれた子で、一歳三ヶ月になる。しゃべり始めた可愛い時期だ。

アメリカの夫婦らしく、ゆきとアレックスはナーサリーと呼ばれる子ども部屋を作ってキラはそこで眠っているので、この時間に連絡しても起こす心配はない。

千明は携帯のメッセージアプリで都合を確認し、オーケーの返事をもらってからパソコンの通話アプリを立ち上げた。すぐにゆきがブラウザに現れる。

『千明ちゃん、こんばんは～』

「こんにちは、ゆきさん。寛いでる時間にすみません」

ゆきの肩を抱いて、アレックスが笑いながら手を振っている。

『なになに、メッセージに書いてあったけど、美羽ちゃんしらとり学園付属受けるんだって？　近親に卒業生がいると有利だから、願書にはあたしの名前も書きなさいね』

「ありがとうございます。美羽がゆきさんと話したいみたいなんで、ちょっとお話ししてもらっていいですか」

千明の後ろで美羽がそわそわしている。

場所を譲ると、美羽はブラウザに向かって思いきり両手を振った。

「ゆきちゃん！　あのね、あのね、せいふく、すっごくかわいいの！」

『知ってる知ってる。あたしも制服可愛いからあそこにしたのよ。美羽ちゃんも絶対似合うわ、あたしの姪っ子だもの。あたしの天使のような写真がどっかにあると思うから、母さんに聞いてみて』

いつもながら、発言がゆきらしい。

ゆきと美羽は会話が弾んで、幼稚園の話から最近好きなアニメの話題に変わって盛り上がっている。

そっとその場を離れて、ソファにいる大神の隣に座った。

「お受験のことなら、お母さまに聞いた方がいいかもしれませんね」

なにしろ経験者である。保護者面接について参考になる話が聞けるかもしれない。

「ああ。だが、三十年も前とでは色々変わっているだろう」

「とりあえず二階堂さんに誘われてるんで、お受験用の教室に見学に行ってみます」

「頼む」

さっそく奈々子に連絡をしておこうと、千明は携帯を取り出した。

事前に奈々子が幼児教室に話をしてくれたおかげで、千明がオメガ男性で美羽の母というのは、教室側に伝わっていて助かった。

「では、お子さまはこちらで。お母さまは、あちらのお部屋でご説明を」

幼児教室は隣駅の駅前にあり、バスと電車で美羽を連れてきた千明は、すでに汗だくだった。なにしろ、スーツなんて亮太の入学式以来着ていない。その上真夏である。しっかりジャケットまで着て、かろうじて笑顔を浮かべているもののへろへろだ。

それでも空調の効いた教室内で冷たいお茶を出してもらい、なんとか生き返った。

落ち着いたスーツに身を包んだ五十代くらいの女性室長が、千明の前に座る。

「しらとり学園付属幼稚園へのお受験をお考えとか」

「はい、娘の希望で」

「そうですか。ご本人にやる気があるなら、期待が大きいですね」

にっこりほほ笑まれ、緊張が軽くなった。

が。

「三年保育をご希望で、今年受験されるということでよろしいですか。今からですと、かなりぎりぎりの対策になります」

そう言われ、かすかな焦りが心に生まれるのを感じた。

一年だけだったがもともと保育士だったこともあり、幼稚園の受験対策は早ければ一歳から始めることを知っている。

しらとり学園付属幼稚園はそれでも受験日が遅めで、十月の終わりだ。あと二ヶ月。その間に見学会や説明会に参加し、願書も作らねばならない。

たとえ記念受験のつもりでも、やるからにはそれなりの努力をしなければいけないと、教室を訪問したことでじわじわと実感してくる。

　ひととおりカリキュラムの説明と家での注意事項の説明を受け、想像よりはるかに厳しい現実に心の中で冷や汗をかいた。

　いわく、キャラクター、アニメグッズの携帯禁止。テレビは教育番組のみ。挨拶はごきげんよう、パパママよりお父さまお母さま。幼児教室に通うときはお受験を意識して親子とも紺系で。ミッション系の幼稚園なので、聖書について理解させる。週三回の幼児教室以外にも、リトミック、お絵かき、水泳、ピアノなど、習いごとにも通っておいた方がいいという。

「あの……、他の子もグッズを持たなかったり、教育番組だけなんでしょうか？　お父さまお母さまは家でも……？」

「もっと早い時期から時間をかければ家と外は違うと使い分けを教えることも可能ですが、なにしろ時間がありません。子どもを混乱させないためにも、あっちではいいけどこっちではだめ、は受験まで封印する必要があります」

「はい……」

「特にしらとりは保守的で有名な園ですから、いわゆる良家の子女的な子が求められます」

確かに幼児に状況を見て変えろ、は難しい。

受験までは仕方がないと内心ため息をつきながら、パンフレットのページをめくって目を瞠(みは)った。

(月謝十万……！)

正しく言えば、ひとコマ一時間八千円。週三回、月換算で十二回。プラス消費税で十万五千六百円。それに教室維持費やテキスト代、願書添削、模擬面接等は別料金。しかもこの幼児教室だけでなく、習いごとをかけ持ちすれば、いったいいくらになるのだろう。

大神家は裕福だが、子どもたちが公立校に通っていることもあり、千明は庶民的な感覚が抜けない。習いごとも、純の塾と蓮のサッカークラブくらいだ。

日々の生活費もありがたいことに節約する必要はないが、ついつい安くていいものを探してしまうのは、すでに千明に染みついた性質である。

「ところで大神さん、お仕事はなにをなさっていらっしゃいますか？」

「あ……、今は子育てに専念させていただいています」

「さようですか。しらとりは子どもは母親の手で育てるのが最良とする園ですから、専業主婦はよいと思います」

男のくせに仕事を持っていないのかという口調でなくてホッとする。

「ご主人さまは？」

「夫は会社経営と、作家業を営んでいます」

会社は千明を大神家に呼び戻すために買収した家事代行サービスである。実際の経営は社長以下社員に任せてあるようだが、オーナーとして代表者になっている。

「作家。どういった類いの作品を書かれるのかお聞きしてもよろしいでしょうか」

しらとりの校風にふさわしくないジャンルではないかという心配からだろうか。

「絵本作家です。オオカミとヒツジのシリーズが代表作ですが」

「まあ、あのシリーズの。有名作ですね、存じております。ではお父さまの方は問題ありませんね」

お父さまの方は、という言葉に胸の奥がざわりとした。

室長は表情を変えずに、淡々と言った。

「先ほども申し上げましたが、しらとりは保守的な園です。表立ってオメガ男性の母親を拒絶することはないでしょうが、受験にはいささか不利になる可能性があることは否めません」

まだ暑さの残る体が、すっと冷えたような気がした。

千明は子どもたちを寝かしつけたあと、リビングのソファに座ってぼんやりとテレビを見た。

「めずらしいな。こんな時間に」

風呂から上がった大神が、ミネラルウォーターのボトルを手にしながら千明の隣に座る。千明は笑って、大神の体にぽふんと寄りかかった。ボディソープのやさしい匂いにホッとする。

「幼児教室で、美羽に見せていいのはニュースと教育番組だけって言われちゃったんで、録画しといたドラマ見ようかなって」

「見てないじゃないか」

「………」

テレビでは、深夜のお笑い番組が流れている。

「なにかあったか」

大神が千明の頬を、ちょんと指の背でつついた。千明は大神をちらりと見上げ、わざとらしく唇を尖らせた。

「大したことじゃないです。しらとりは保守的だから、オメガ男性の母親は不利になるかもって。あと、おれが有名大学卒じゃなかったり、有名企業で働いた経験がなかったりが引っかかるかもってくらい」

大神は鼻を鳴らした。

「くだらん」

「ですよね！」

千明はがばっと身を起こして、大神の顔を覗き込んだ。

「おれ、もうそういうのでくよくよするのやめるって決めたんです」

生まれ持っての性別とか、環境によって受けられるものの差とか。そんなの本人の資質や努力と関係ない。評価すべきは、違う部分にあるはずだ。

「子どもたちには性別とか仕事で色眼鏡で見る人間になってほしくないし、おれ自分のこと誇っていいと思うんです。そりゃ、不利って言われてぜんぜん傷つかなかったって言ったら嘘になりますけど、それよりやってやろうって気になっちゃって」

大神が驚いて目を丸くしている。

千明はできるだけ自信ありげに見えるよう、唇をつり上げた。

「だって奈津彦さんもお母さまも子どもたちも、おれのこと好きでいてくれるでしょう。だから自信持ちます。おれが自分のこと卑下したら、おれのこと好きでいてくれる人たちに申し訳ないから」

以前だったら、傷ついて卑屈になって、海を眺めて心を落ち着かせていた。オメガだから仕方がないと諦めていた。

でも千明を大事にしてくれる家族のために、強くなりたい。自分が通っていた学校も、してきた仕事も、なにひとつ見下されるようなことはない。懸命に、真面目に生きてきたのだから。

本当は自信なんかないけれど、自信が持てるよう努力する。

「だから奈津彦さん、おれ頑張ります」

大神はだんだん表情を弛めると、オオカミの顔でも満面の笑みとわかるほど笑顔になった。

「そうだ、みんなおまえが大好きだ！　やさしくて料理上手で愛情深い、俺たちの自慢の大切な家族だ！　誇れ！」

ぐしゃぐしゃと髪をかき混ぜられて、「やめてくださいよぅ」と笑う。大神の手を押さえたら、そのまま腕を引かれて胸に閉じ込められた。

乱れてしまった髪に、大神がキスを落とす。

「ああ、俺はどんどんおまえを好きになる。可愛くて愛しくてめちゃくちゃにしたい。おまえがヒツジだったら、頭から丸呑みにしているところだ」

自分らしくなく強気の宣言をしたことに、満足感と羞恥が入り交じって変に顔がにやける。大神の胸に思いきり顔をこすりつけて甘えた。

「おれも。奈津彦さん、大好き」

大神が力強く抱きしめるのに対抗するように、千明も大きな背中に腕を回して、力いっぱい抱きしめる。ぎゅうぎゅう抱きしめ合っていたら、お互い笑ってしまった。

「あはは。あー、なんかすっきりしちゃった」

「俺は逆にムラムラしてる」

そっちのすっきりではない。

と思いながら、今夜はうんと甘えたくなって、自分から誘い文句を口にした。

「食べたかったら、ちゃんとベッドに連れていってください」

大神に軽々と抱き上げられながら、この家族の一員でよかったと心から思った。


「えっ、リビングでテレビ見ちゃいけないの？」

「ゲームもだめ？」

ソファの向かいに座った蓮が目を丸くして、大神と千明に問いかける。蓮と並んで座る純、亮太も首を傾げた。

大神は千明との間に座った美羽の肩を抱きながら、ぱたりと尻尾を揺らした。

「いけないわけじゃない。だが、美羽の受験が終わるまでは、真似させたくない言葉遣いのあるもの、過激な表現のあるものは美羽の前では見ないようにしてもらえないか？」

子ども向けのアニメでも、「バカ」「くっそー」のような悪態をついたり、デフォルメされていても暴力表現がある。美羽の好きな怪盗モフリーナも、怪盗というだけあってものを盗むシーンが必ず出てくるし、敵対組織と闘う場面もある。ゲームは種類によるが、純や蓮が好きなカーレースや対戦ゲームは乱暴な表現が多い。

試験には他の子どもとの集団遊びや、普段見ているテレビ番組を聞かれたり、言葉遣いをチェックされたりする。純や蓮の年齢なら使い分けられる言葉遣いや発言の取捨選択も、美羽の年齢では難しい。だからそれを〝日常〟にするしかないのだ。必然的に、他の子にも我慢させることになる。

千明も頭を軽く下げ、子どもたちに手を合わせた。

「ごめんね。テレビは別の部屋で見たり、ゲームは美羽がお勉強で子ども部屋にいるときにしてもらっていいかな」

大神家では、テレビはリビング、はつ江の和室、現在は客間になっている一階の洋室にある。ゲームを客間に移動してもいいのだが、ダンス系のゲームはある程度のスペースがないとやりづらい。知育ゲーム、のどかな育成ゲーム、パズルゲームなら問題はないのだが。しかし、それも時間を決めて長時間にならないようにだ。

「二ヶ月の辛抱だ。協力してもらえるとありがたい」

大神が頼むと、純は長男らしくうなずいた。

「わかった。ぼくたちが受験するときも、きっとみんなに協力してもらうだろうからね。こういうのは順番だから。美羽のために二ヶ月、みんなで頑張ろうよ」

まだ受験の意味のわからない亮太が心配そうに、もじもじと両足を揺らした。

「……かいとうモフリーナ、みない？」

美羽と亮太がいちばん楽しみにしているアニメだ。毎週一緒に見ては、モフリーナごっこをして楽しんでいる。

蓮は隣の亮太の手をやさしくぽんぽんと叩いた。

「亮太は見てもいいんだよ、客間になるけど。でもさ、美羽と一緒に見たいなら、録画しといてお受験のあとにまとめて見てもいいかもね」

「おじゅけんの、あと……？」

純はいいことを思いついた、というように明るい顔で蓮と亮太を振り向いた。

「そうだ、美羽のお受験が終わったら、スーパーアニメデーを作ろうよ！　見たいアニメ録り溜めておいてさ、映画館みたいにお菓子とジュース用意して、リビングでみんなでごろごろしながら朝から晩まで見よう！」

わ、と蓮と亮太が笑顔になる。

「それいい！　スーパーアニメデー！　お受験のごほうび！」

「あにめでー」

手を叩いて喜ぶ子どもたちに、じーんと感動した。美羽のせいで不自由だと文句を言うことなく、より楽しい方法を見つけてカバーしてくれる。

あれも録ろう、これも録ろうと盛り上がる子どもたちを見ながら、千明は疼く胸に手を当てた。

「奈津彦さん……、おれ、なんか……、すごく感動してます……。大神家の子どもたち、みんな天使なんじゃないかな？」

「俺もだ。きっと協力はしてくれても、さすがに不満が出るだろうと思ったのに。思い描いていた以上の理想的な家庭だ」

愛情深く頼れる夫、いつも気遣ってくれるやさしい義母、そして天使のような子どもたち。幸せで、本気で涙が滲みそうだ。

「ありがとう、みんな」

ちょっと涙声になってしまった。

記念受験のつもりでいたけれど、協力してくれる子どもたちのためにも、本気で合格を目指すべきなのかもしれない。

子どもたちがわいわいやっているところへ、はつ江が収納ボックスを手にリビングにやってきた。

「あったわよ、ゆきの幼稚園のときの写真」

美羽がいちばんに飛びつく。

「みたい！」

収納ボックスの蓋を開けると、洋書かと思うようなレザー表紙に金の縁取りがついた豪華なアルバムが入っていた。

「ふわぁぁぁ、ゆきちゃん、かわいい〜〜〜！」

アルバムを開いてみると、子どもモデルも顔負けの愛くるしいゆきのスナップが、これでもかというほどたくさん貼ってあった。

普段着はもちろん、幼稚園の制服を着てこなれた様子でポーズを取っているものもある。アイドルのように上目遣いで、きゅるん、と音がしそうな笑みを浮かべて。

(確かにこれは、自慢できるほど可愛い)

顎で切り揃えられたおかっぱが赤いベレー帽によく似合う。ふっくらした頬のつややかさとさくらんぼみたいな唇。さぞ自慢の娘だったろうなと思う。

「この当時うちにお手伝いに来てくれてた方の旦那さまが、カメラがご趣味でね。普段のときでもたくさん撮ってくださったのよ」

はつ江は懐かしげに写真を見る。

大神はふん、と鼻を持ち上げた。

「美羽の方が数千倍可愛い」

「そんな、奈津彦さん。どっちも可愛いですよ」

親バカすぎる。

苦笑いした千明は、ふと大神が懐に別のアルバムを隠しているのに気づいた。収納箱の下に入っていたのをこっそり取ったのだろうか。大神が着ているのが紗の薄物なので、隠しているつもりでも形でわかってしまう。写真館で撮るような、二つに折った薄いアルバムだ。

「それなんですか、奈津彦さん」

どきん！　と大神の心臓が跳ねたのがわかるように、太い尻尾がびくんと上を向いた。

「いや……、なんでもない」

わざとらしく咳払いして背を向けた大神を見て、純と蓮が目を合わせる。二人でやんちゃそうな笑みを浮かべて目配せしたあと、同時に大神の左右から飛びかかった。

「あっ、こら！」

「取ったぁ～！」

蓮が大神の懐から奪ったアルバムを、取り戻そうとした大神の手を避けてひょいっと純に投げ渡す。ナイスパス！　と言いたくなるほどぴったり純の手もとに届く。

純が一瞬でアルバムを開き、千明と亮太に向かって広げた。二枚の写真が目に飛び込んでくる。

一面は制服を着たゆき一人、そしてもう一面は家族写真だった。

中心にゆきが立ち、向かって右手にアンティークチェアに若いはつ江が腰かけ、その後ろにはつ江の夫であり大神とゆきの父親が立っている。そして左側には、私立小学校の制服に身を包んだ小学生の大神が「気をつけ」の姿勢で立っていた。

「え……、あ、これ奈津彦さんですよね。えー、可愛いじゃないですかぁ！」

大神が不満そうにぐるぐるとのどを鳴らした。

大神はゆきと七つ離れているから十歳だろうか。それにしてはかなり背が高い。身長だけで言えばすでに大人と同じくらいありそうだ。灰褐色の少年オオカミは、紺色のブレザーに半ズボン、白いハイソックスを穿(は)いている。

制服姿は亮太の幼稚園で見慣れていると思っていたが、ちびっ子とある程度育った少年はぜんぜん違った。

幼児はまるでぬいぐるみが制服を着ているようだったが、写真の中の大神は子どもっぽくなくて、なんというかコスプレみたいに見えるのだ。特に白靴下と半ズボンの間にふさふさの毛が見えているのが、なんともシュールである。

「パパ、大人が制服着てるみたいだね」

「似合わなーい、変なの！」

相変わらず、子どもは身内に容赦がない。だが甘えられる父だと思っているからの軽口であるのは明白だ。

大神は牙の間からしゅうと息を漏らし、太くなった尻尾をぱたぱたと左右に揺らした。

「俺は背が伸びるのが早かったんだ。その頃には、確かもう百七十センチ近くあったんじゃないか」

さすが体格に恵まれたハイブリッドアルファ。離婚した大神の父もアルファらしく高身長だが。

大神が「だから見せたくなかったんだ」とぶつぶつ言っている横で、子どもたちは「おばあちゃん若い！」「ばーば、かわいい」と楽しそうだ。

スナップアルバムの方も、遠足やお遊戯会の写真があったりして、見ていて楽しい。

「でもお父さまの写真はほとんどないんですね」

スナップにはぜんぜん写っていない。入園式に正門の前での一枚ですら、はつ江と大神とゆきの三人だ。

「父は仕事が忙しかったからな。家族写真も、入園式の日でなく別撮りだった。だがまあ、俺たちの頃は父親が行事に参加しないのは当たり前だったから、特になにも感じなかった」

千明が小学生の頃には授業参観にも父親の出席が増えていたが、十四歳年上の大神の頃ならそんなものだったのだろうか。とはいえ、シングルマザーの千明の母はパートをかけ持ちしていたので、千明も行事で母に来てもらったことは数えるほどしかないが。

でもそれが、千明の中で輝くような想い出になっている。忙しい母が仕事を休んで、親子遠足に参加してくれたのは本当に嬉しかった。夜遅くまで働いていた母が作れたのは、玉子焼き以外はスーパーの惣菜と冷凍食品を詰めただけの弁当だったが、それでもとびきり美味しく感じた。

（食事って、なにを食べるかより誰とどんなふうに食べるかなんだなぁ）

一人でゆっくり食べるのももちろん美味しいけれど。好きな人と食べたらもっと美味しい。一緒に食事をして美味しいと思える家族に恵まれたことに、心から感謝する。

「さ、そろそろアルバム片づけようか。お昼のそうめんに乗せるお野菜、みんな自分の分はお庭から採ってきて」

千明が言うと、子どもたちは声を揃えて「はーい」と返事をしながら、庭に出ていった。

プチトマト、オクラ、きゅうり、大葉は刻んで薬味に、ピーマンとナスは天ぷらに。

一人分ずつ氷水を張ったガラスの器に流し入れたそうめんは、麺の白色と野菜のコントラストが美しい。子ども用には缶詰のみかんとチェリーを乗せると喜ぶ。

全員がテーブルにつき、両手を合わせる。美羽が幼児教室で覚えてきたとおり、大きな声で言った。

「ごいっしょに」

そして全員が声を揃える。

「いただきまーす！」

美味しいね、とみんなで言いながら食べるそうめんは、やっぱりとても美味しかった。

美羽のお受験対策が始まったことで、目が回るほど忙しくなった。

まずは幼稚園入園説明会と見学会の申し込み。夏前に見学会を終了している園もある中、しらとりは九月の頭でぎりぎり間に合った。

本番用のスーツを作りに行き、美羽にも教室用と本番用の服を選ぶ。二ヶ月しかないから、教室推奨のピアノ、水泳は諦めて、リトミックと絵画教室を申し込んだ。英語は幼児向けの簡単な遊びなら家でもできる。

幼児教室は週のうち二回は個人レッスンで言葉遣いや所作の修正、面接の質疑応答練習、巧緻性のトレーニング、一回は少人数レッスンで積み木や手遊びなどで同じ歳の子との協調性を養う。

家でやる課題も出され、家事をしながらの千明も常に時間に追われている。大神が短期間だけでも家事代行サービスを申し込もうかと気遣ってくれたが、三人の兄たちが美羽の勉強につき合ってくれることもあり、なんとか手が回っている。子どもたちの夏休みが終わって給食があることも幸いだった。

「美羽、プリントできた……」

風呂掃除をして戻ってくると、リビングの折りたたみテーブルで課題のプリントをやっていた美羽が、ラグの上に仰向け(あおむ)けに寝転がってすうすうと寝息を立てていた。隣にはクーが一緒になって丸くなっている。

いつもならお昼ごはんが終わってから昼寝するのに、まだ午前中である。

疲れているのだろうな、と思うと、三歳の幼児がこんなに勉強しなきゃいけないのかと胸が痛む。

美羽本人は勉強というより、どれも遊びの一環として捉(とら)えていて楽しそうだが、なにしろこなさなければならないカリキュラムが多い。興味の薄いカリキュラムに飽きてしまうのも仕方ないだろう。

クーラーで風邪を引かないように薄いブランケットをかけ、寝顔を眺める。

ただただ幸せになって欲しいという気持ちがこみ上げた。安全に、苦労なく、楽しいことだけ考えて、その愛らしい瞳にきれいなものだけ見せていたい。

きっとほとんどの親がそう思っているだろう。成長する中で、子どものためにあえて厳しく、ということが自分にできるか自信がない。甘やかしてしまいそうで。

自分もたいがい、親バカかなと思う。

「奈津彦さんには負ける気がするけど」

「俺がなんだって？」

ちょうど二階から下りてきた大神が、千明の言葉を拾った。

「奈津彦さん」

千明は唇に人差し指を当てて「しー」と言って、眠る美羽とクーの側から立ち上がった。

美羽を起こさないよう、ダイニングテーブルに移動する。

「願書の下書き、できたぞ」

大神はテーブルの上に願書のコピーを置いた。

「助かります、ありがとうございます」

しらとりの願書は、入園の志望理由、家庭の教育方針などを書く欄がある。家族構成や子どもの健康状態、子どもの長所短所などはもと保育士だった経験から千明でも書ける。けれど志望理由や教育方針を、幼児教室で指導されたような、園に好印象を与える耳障りのよい言葉で書くのは自分には難しい。

「こういうのは得意な方がやればいい」

と言って大神が引き受けてくれたのでありがたい。目を通すと、幼稚園の理念と家庭の教育方針とが合致するよう、上手に書かれていた。

「さすがですね」

「こう見えても物書きの端くれだからな」

両親面接の練習も、大神は堂々としていて頼りがいがあり、安心して隣に座っていられる。

千明は下書きをクリアファイルに挟み、お茶を淹れるために席を立つ。大神は愛娘の寝顔を眺めるために、ラグに移動した。

美羽の顔を覗き込むと、大神の匂いと気配に反応したのか、目を覚ましたクーが長々と伸びをした。そして遊んでほしいと訴えて高い声でにゃあと鳴く。

「クー、しー」

と大神が唇に指を当てるが、当然クーには伝わらない。

クーの鳴き声で、美羽がもぞもぞと動いて起き上がる。

「はにゃ……、パパ……」

寝ぼけまなこで目をこすり、起き抜けなので舌足らずになっている。お父さまお母さまと呼ぶよう練習はしているが、とっさのときにはまだまだパパママと出てしまう。千明はパパママの方が子どもらしくて好きだが。

幼児教室の先輩保護者によると、受験時にはお父さまお母さまでも、入園後は普通にパパママと呼んでいる子も多いという。

早く受験が終わって平常に戻るといいなと思いつつ、千明は湯飲みにお茶を注いだ。

リビングのローテーブルに湯飲みを置くと、テーブルに開いてあったノートパソコンから通話アプリの着信を知らせるランプが光った。

「ゆきちゃんだ」

美羽がぱあっと笑い、通話ボタンをクリックする。何度かやり取りをしているので、美羽も覚えてしまった。

『美羽さん、ごきげんよう』

美羽のお受験に合わせて、ゆきは挨拶と美羽の呼び方を変えてくれている。

「ごきげんよう、ゆきちゃん」

『うふふ、ゆきちゃんじゃなくておばさまでしょ』

「あ、そーだった」

ないとは思うが、面接で万一卒業生であるゆきのことが話に出たとき、ゆきちゃん呼びはいただけないと教室で言われたので、こちらもおばさまで統一することになった。

『どうお、千明ちゃん。上手くいってる？』

美羽の後ろからブラウザを覗いた千明に、ゆきが話しかける。

「お教室に通って、こんなに器用でもの覚えがいい子だったのかと、ちょっとびっくりしました」

親の欲目でなく、そう思う。

言葉が早くておしゃまだとは思っていたが、美羽より早くから幼児教室に通っている子と比べても、積み木や巧緻性トレーニングもまったく遅れているところがない。むしろなんでもできる方だ。面倒見のいい兄たちがいるのが大きいのだろう。

「ただ、礼儀作法的な面がどうしても他の子より上手くできませんね。頑張ってるんですけど、きちんと動かなきゃと思うと緊張して硬くなっちゃうみたいで」

ガチガチというかカクカクというか、ロボットみたいに不自然な作られた動きをしてしまうのだ。歩くのに右手と右足を同時に出してしまったり。

『あら〜、そうなの。わかるわ、あれこれ指導されるとわかんなくなっちゃうのよね。ひとつひとつ覚えられないし』

経験者のゆきは、けらけらと笑った。

『いい方法教えてあげる。プリンセスごっこするといいわよ』

「プリンセスごっこ？」

プリンセス好きの美羽が、目を見開いて食いついた。

『そう。なりきりプリンセス。いつも〝あたしはプリンセス〟って思って行動すると、動き方もしゃべり方も自然に上品になっちゃうの。あ、お高くとまれって意味じゃないのよ、あくまで上品。プリンセスって誰にでも親切でやさしくて、それでいて勇気があるでしょ』

まあ、あたしのときには王女さまごっこだったんだけど。とゆきは続けた。

『プリンセスだったらこう動く、こうしゃべるってなりきっちゃうと、意外とそんな動きになるもんよ。少なくともあたしはそうだったわ』

試してみる価値はあるだろう。美羽はすっかりその気になっているようだ。

『千明ちゃんは面接に自信なかったら、あたしになりきるといいわよ。このあたしを落とせるもんなら落としてごらんなさい、って心の中で思っとけば大丈夫』

その提案には、あははと笑って返すしかなかった。

しかしゆきくらい自信が持てたら、面接も緊張しないのだろう。それはそれでうらやましい。

それからしばらく話をして、ゆきのアドバイスに感謝をして通話を切った。

試験まであと約一ヶ月。

受からせてあげたいな、と以前より強く思うようになった自分に気づいた。

4.

「美羽、今日の朝ごはん、なにを食べましたか？」

千明が尋ねると、美羽ははっきり、元気よく答えた。

「ぱんと、はむえっぐと、よーぐるとです！」

「じゃあ、美羽のいちばん好きな食べものはなんですか？」

「はんばーぐです！」

「よくできました」

お昼ごはんの前に面接の練習として、いくつか質問をする。タイミング的に、面接の時間に近いからだ。

幼稚園の面接で幼児が聞かれる質問は、そんなにバリエーションが多くない。自分の名前が言えるか、年齢を聞かれて答えられるかはマスト。食べものに関してはほとんどの幼稚園で聞かれると、教室で言われた。

二大聞かれる食べもの系質問が、好きな食べものと今朝(けさ)なにを食べてきたかである。ときにはちょっと変化球で、お母さまの作る料理で、果物で、飲みものでなにが好きなど、範囲が限定されることもあるという。

好きな食べものを尋ねられて、子どもが「ピザ」「ハンバーガー」「ラーメン」などと答えると、もし手作りであったとしてもジャンクフード好きな印象を与えてしまう。だから普段から与えない家庭が多い。お菓子は論外、果物やヨーグルトなど手を加えないものより、なんらかの料理名が好ましい。

朝食べてきたものを忘れてしまって答えられないことも多いので、食べてから少し時間が経った頃に尋ねるのを毎日実践している。

千明も意識して、最近の朝食は子どもが答えやすいもの、面接で答えて支障のないものを作っている。美羽と亮太の大好きな、〝おうちでお子さまランチ風プレート〟も、お子さまランチが外食を連想させるので一時封印中だ。パンも菓子パンや惣菜パンは避け、プレーンなパンやサンドイッチにしたりと気を遣う。

他によく聞かれる質問としては、好きな遊び、お手伝い、家族構成、幼稚園までどうやって来たか等はメジャーな問題らしい。

幼児教室で勧められたのは、もし好きな絵本を尋ねられたら、大神の絵本『オオカミとヒツジのものがたり』を挙げるといいということ。

「え、あの……、なんというか……、ちょっとあざとく思われませんか……?」

とためらった千明に、教室の先生はいいえ、と首を振った。

「お父さまの仕事を理解していること、家族でお父さまの仕事を尊敬していることが伝わります。大きなアドバンテージです、ぜひ活用してください」

そういうものだろうか。

しかし、実際赤ちゃんの頃から繰り返し読み聞かせしているし、美羽も大好きなシリーズだ。去年出版した新シリーズも好評で、子ども部屋には全巻揃っている。

「美羽、オオカミとヒツジの絵本読むよ、おいで」

ソファに座った千明が自分の膝を叩くと、美羽はちょこちょこと歩いてきて膝の上に座った。

絵本を開いて、読み聞かせを始める。

「ヒツジさんはオオカミさんにとって、とても魅力的で美味しそうな生きものなのです」

いつもの出だしに、千明の胸も躍る。

この絵本に出てくるオオカミが大神で、ヒツジが千明であることを想定して描かれたことは、大神と自分だけの秘密だ。

美羽にもいつか運命の相手が現れますようにと、ページをめくりながら願った。

九月後半。バーベキューのリマインドメールが来て、子ども会のバーベキューがあるのを思い出した。

カレンダーに丸をしていたのに、お受験準備で忙しくてすっかり忘れていた。

子ども会では例年八月にバーベキューを実施していたのだが、夏休みは帰省や旅行で不在にしていたり、そもそも暑い！　という声が多く、今年から九月開催になったのだ。

今にして思えば、今年バーベキュー担当を引き受けていたらお受験と被って大変だった。新入生歓迎会担当にしておいてよかった。

子ども会のバーベキューは四年生以上ならつき添いなしで参加可能だが、亮太が一年生なので保護者同伴でなければならない。楽しみにしているから連れていってあげないと。

会員の弟妹の未就学児も参加可能だから、美羽も一緒に楽しめる。バーベキューなら、最近楽しかったことで聞かれて答えても困らない。

海沿いの公園にある芝生広場のバーベキューエリアを借りる予定で、機材はそこでレンタルできる。公園は他にも遊具広場、芝ソリ、スケートボードエリア、バスケットエリアなど、幅広い年齢が遊べる施設でそれも楽しみだ。

美羽は最近近くの友達ともぜんぜん遊べていなかったから、千明も楽しみである。

「バーベキュー、リオナちゃんも来るよね。いっぱい遊ぼう」

「やったぁ！」

プリンセスを忘れて大喜びした美羽は、慌てて表情を取り繕ってにっこりと笑った。

海からの風がさわやかに香る中、熱々の金網に乗せられた肉や野菜がじゅうじゅうと美味しそうな音を立てている。

運転手以外の大人はビールや缶のチューハイを片手に、子どもたちは遊具で遊びながら、肉が焼けるのを待っていた。土曜の昼前でみんなリラックスしている。

習いごとの都合で三十分ほど遅れてやってきた千明と美羽は、駐輪場に自転車を駐めると揃ってバーベキュー広場に歩いてきた。大神と三人の兄たちは先に到着して、すでに遊具で遊んでいる。

美羽も早く行きたがって、習いごとでも今日は集中できなかった。それだけ楽しみにしているのだ。

「あら大神さん、ちょうどいいタイミング。もうすぐ焼けるところよ」

リオナの母に手を振られ、千明も手を振り返す。

「ごきげんよう、小笠原さん」

リオナの母は一瞬驚いた顔をして、ああ、とうなずいた。

「美羽ちゃん、幼稚園お受験？」

「そうなんですよ。急に受験することになって」

幼稚園お受験組がめずらしくない地域なので、挨拶がごきげんように変わると大人は察してくれる。

「こないだの役員会で会ったときは言ってなかったもんね。どこ受けるの？」

「しらとりです」

「うわ、難関だぁ！　対策間に合ってる？」

「どうでしょう。詰め込みでお教室に通ってますけど、どうなるか。記念受験のつもりだったんですけどね」

親同士が会話していると、芝ソリ場にリオナを見つけた美羽が駆けていった。

「リオナさん、ごきげんよう！」

リオナは、以前美羽が花音にごきげんようと挨拶されてぽかんとしたときと同じ、なにを言われたかわからない顔をしている。

一緒に芝ソリをしていたリオナの兄で一年生のタカヒロが、美羽を拒絶するように手のひらを広げて前に突き出した。

「おまえ、おじゅけんなんだ。リオナとおんなじようちえん行かないやつ、こっちくんな！」

驚いた美羽の足がぴたりと止まる。千明も目を見開いた。

バーベキューを焼いていたリオナの母が、トングを振り上げて怒鳴った。

「あっ、こらタカヒロ！　小さい子に意地悪言わない！」

　タカヒロはべーとわざとらしく舌を出すと、妹のリオナの手を引いて自分に引き寄せた。タカヒロは亮太と同じ学年だからよく見かけるが、昔ながらのガキ大将といった気質の、兄貴肌でしゃきしゃきとした元気な子だ。妹の面倒見がよく、人気者である。

「おじゅけんようちえん行くやつは、みーんなともだちじゃなくなるんだ！　おまえもおじゅけんようちえん行くなら、もうリオナとあそばせてやらない！」

「タカヒロ、やめなさい！　ごめんなさいね大神さん。タカヒロ、仲よくしてたお友達が私立幼稚園に行ったら、ちょっと他の子見下すみたいになっちゃって、私立幼稚園に行く子は変わっちゃうと思い込んでて」

　タカヒロを叱ったリオナの母が、慌てて千明に説明をする。

「あ……、そんなことが……」

　タカヒロが美羽に敵意を向けているのがいたたまれず、急いで駆け寄った。

「美羽」

　しゃがんで美羽の肩を抱き、顔を覗き込むと、大きな目にいっぱい涙を浮かべていた。千明の胸が激しく痛む。

　おとなしいリオナは兄の剣幕に怯(おび)えているのか、顔をこわばらせて動けないでいる。千明は頑張ってタカヒロに笑顔を向けると、言い聞かせるように言った。

「タカヒロくん、そんなこと言わないで美羽も遊びに入れてあげて。美羽、お友達のこと大好きだから」

「やーだ！　おまえなんか、もうリオナのともだちじゃない！」

スカートをぎゅっと握りしめた美羽が、とうとうポロポロと涙を零し始めた。

「うあああああん！」

大きな声で泣き出した美羽を見てタカヒロが一瞬バツの悪そうな顔をし、すぐにぎゅっと唇を引き結んだ。

「ないたって……」

なにか言いかけたとき、タカヒロの斜め下から茶色い影が飛び出してきて体当たりをした。

「うわっ……！」

芝生の上に転んだタカヒロに馬乗りになった茶色いものが、大声を出した。

「みゅうちゃを、いじめるなぁっ！」

「え……、亮太くん⁉」

よく見れば、Tシャツにバミューダパンツの亮太だった。

亮太はタカヒロの肩を両手で地面に押しつけ、オオカミの鼻先を近づけて吠えるように上げる。

声を震わせながら、それでも亮太は言いきった。千明の胸に、ぎゅっと熱いものがこみ上げる。

あの引っ込み思案の亮太が、妹のためにけんかをしている。

タカヒロは怯えた顔をしながらも、虚勢を張って怒鳴り返した。

「なんだよおまえ！　よわむしのくせに！」

亮太はいつもおとなしい子のグループ、タカヒロは元気で目立つグループにいる。互いに顔と名前は知っていても、普段はあまり会話をしないタイプだ。タカヒロにしても、突然亮太が牙を剝いたので驚いたろう。

タカヒロが亮太の腕をはね除け、二人でつかみ合って芝生の上に転がる。

リオナの母が、トングを持った手を振りながら困って周囲に助けを求めた。

「ちょっとぉ、やめなさいって。誰か、ここお願い！」

リオナの母は火の側からすぐに離れられず、千明は号泣する美羽を置いていけず、けんかの仲裁に入れない。

どうしようと焦っていると、亮太を追いかけてきた大神が大股で二人に近づいた。大神は取っ組み合う二人を引き剝がすでもなく仁王立ちで見下ろすだけだったが、大人の存在に気づいたタカヒロと亮太は、自然と手を離して気まずげに視線を交わした。

大神は二人の前にしゃがみ込み、ゆっくりと交互に二人を見る。

「友達でも、けんかすることくらいあるだろう。だが、妹たちを怖がらせたり、親に心配をかけるのはよくないな」

大神の目を見ないように視線を逸らしたタカヒロは、小さな声でぼそぼそと呟いた。

「だって……、ちがうようちえん行ったら、もうあそばないじゃん……」

千明はまだひっくひっくと泣きじゃくる美羽を抱き、大神たちに近づいた。美羽の背中をぽんぽんと叩きながら、できるだけやさしい声でタカヒロに話しかける。

「タカヒロくん、友達が違う幼稚園に行っちゃって寂しかったんだね。美羽もお友達じゃないって言われると寂しくなっちゃうな。美羽はリオナちゃんと遊びたいから。もしリオナちゃんも美羽と遊びたいなら、ずっとお友達でいてほしいよ」

タカヒロは強情そうにぐっと唇を結ぶと、後ろでなにも言えずに怯えていたリオナの手を取って反対に向かって歩き出した。

リオナは心配そうに美羽を振り返ったが、どうしていいかわからないような顔をして兄に手を引かれるまま行ってしまった。

やっとトングを他の役員に預けたリオナの母が、小走りに千明たちの方にやってくる。

「やだ、ほんとごめんなさいね、大神さん！　あの子にはあとでしっかり言い聞かせるから。美羽ちゃん、またリオナと遊んでやってね」

リオナの母は、しがみついたまま千明の肩に目を押しつけてぐすぐすと泣く美羽の頭をやさしく撫でた。そして亮太を見て、あらっ、と声を上げた。

「亮太くん、膝すりむいてるじゃない！　テントに救急箱あるから消毒しよ」

芝生でこすれたのか、亮太の膝から血が滲んでいた。

申し訳ながるリオナの母に、自分たちでやるからタカヒロの様子を見てほしいとお願いした。タカヒロもどこか怪我をしているかもしれないし、リオナも含めて心理的にも親がケアしてあげた方がいい。

ひどいことを言ったと謝るリオナの母に、大神も頭を下げる。

「うちの息子こそ、手を出してしまい申し訳ありませんでした。もしタカヒロくんが怪我をしていたらご連絡ください。こちらはすり傷ですからご心配なく」

互いにひとしきり謝り合い、亮太の傷を消毒するためにテントに向かう。その頃には、他の子どもから騒ぎを聞いた純と蓮も戻ってきていた。

「亮太、美羽を泣かせた子とけんかしたんだって？」

「やっぱお兄ちゃんだな。頑張ったね」

亮太を褒める兄たちに、怪我の手当てをしながら大神はわずかに鼻に皺を寄せる。

「妹を守る心意気は立派だ。だが積極的な暴力を肯定することはできない。力は自分と大切な人が暴力に晒されたら、それを守るために使うんだ」

特にハイブリッドアルファともなれば、今後体も腕力も通常の人間より大きく強くなっていく。小さな子だからといって、暴力が正しいと思わせてはならない。

大神は暴力は決していいことではないとあらためて子どもたちに言い聞かせた上で、亮太の頭をやさしく撫でた。

「でも、亮太が美羽を守るために出した勇気はすごい。パパは亮太を誇りに思うぞ」

亮太はこくんとうなずいたあと、まだ千明に抱かれている美羽を心配そうに見上げた。

「みうちゃ、ソリしてあそぶ……？」

美羽は千明の肩に顔を伏せたまま、ふるふると頭を横に振った。

「かえる……」

小さな声に、胸が痛む。

今日はリオナとも遊べないだろうし、ここにいても気持ちは晴れないかもしれない。

「かのんちゃんとあそびたい……」

さんづけを忘れていても、今は注意する気にならない。

「そうだね。花音ちゃん今日はお教室お休みだから、いるかもね。行ってみようか」

大神がうなずいたのを見て、千明は空気を変えるために極力明るい声を出した。

「じゃ、おれたちは家に戻るね。みんなはバーベキュー楽しんで」

純、蓮、亮太は心配そうな顔をしたが、千明は笑って手を振った。

自転車に戻ると、チャイルドシートに美羽を乗せてベルトを締める。目が真っ赤だが、やっと泣きやんだ。

仲よしの友達としか遊んだことのない美羽には、初めての拒絶はかなりのショックだったに違いない。千明も小学校の高学年になると、性別を意識しだしたクラスメートからオメガとからかわれたり〝自分たちと違うもの〟として避けられたりして悲しかった覚えがある。

そのぶん、オメガということを気にしない人にどれほど救われたか。美羽も同じ幼稚園を受験する花音に会って安心したいのだろう。

電動自転車で坂道を上り、家に着く。海風と強い日差しで火照った肌をクールダウンしてから、奈々子に電話をした。

「二階堂さん？　大神です。もしよかったら、今日花音さんと美羽で遊びませんか？　美羽、とても花音さんと遊びたがってるんですけど」

電話の向こうで少しの間があった。

『ええ……、そうね、積み木の練習でもよろしいかしら。美羽さん、花音にお手本を見せてあげてもらえると嬉しいんですけど』

「え……、あ、はい。積み木は美羽も好きですから、喜ぶと思いますが……」

やや尖ったような奈々子の声が気になった。

電話を切り、お茶や積み木の準備をして花音たちを待つ。美羽も顔を洗い、その頃にはまだ元気は戻らないものの、泣いていたことがわからない程度になっていた。

玄関のチャイムが鳴り、奈々子と花音を迎えて内心少し驚いた。

「お邪魔します」

花音と手をつないだ奈々子はとても疲れた顔をしている。ぴりぴりした空気をまとい、余裕のなさを感じさせた。体調がよくないのかと心配するほどだ。花音も覇気のない表情をして、母親の様子を窺うように顔を見上げている。

花音とは幼児教室のレッスン時間が違うので、奈々子たちに会うのも数週間ぶりである。

「どうぞ」

リビングに誘い、子ども用プレイマットに案内する。すでに積み木と、美羽のリクエストで塗り絵を用意してある。

「かのんさん、こっちでつみきしよ」

「する！」

久しぶりに仲よしの友達に会って気持ちが盛り上がったのか、やっと美羽も笑顔を取り戻して花音の手を引いた。花音の表情も明るい。

（よかった）

奈々子にお茶を淹れていると、大神が子どもたちを連れて帰宅した。

「あれ、奈津彦さん早いですね」

「子どもたちが、美羽が心配だから帰ると言ってな。亮太も暑いのは苦手だし、早めに切り上げてきた」

大神はリビングのソファに座る奈々子に会釈する。奈々子も「お邪魔しています」と静かに会釈を返した。

純と蓮は花音と遊ぶ美羽を見て安心したのか、二階の子ども部屋へ上がっていった。大神と亮太は海風で毛がべたつくと言い、シャワーを使いに行く。

千明がソファに腰かけてティーカップを口に運ぶと、向かい合わせに座っている奈々子が深くため息をついた。

「……大丈夫ですか。お疲れのようですけど」

千明が声をかけると、奈々子は無理に作ったような笑みを顔にへばりつけた。

「お受験まで、もう一ヶ月もないでしょう？　夫の両親がとても期待して、毎日のように電話をかけてくるのがプレッシャーで……。夫は面接の練習もろくにしてくれないし、わたしばっかりって思ったら疲れちゃって」

大変そうだ。

幸いはつ江は本人のやる気を尊重するタイプで、自分から期待をしてプレッシャーをかけてくることはまったくないので助かっている。落ちても受かってもいいじゃないかというスタンスだ。

もし「絶対合格！」と毎日のように言われたら、千明も憔悴してしまうだろう。お受験の準備だけでもいっぱいいっぱいなのだから。

つらつらと奈々子の愚痴を聞いていると、「あっ」と小さな声が聞こえてプレイマットを振り向いた。

花音の積み木が崩れてしまっている。

積み木は崩れるものだから、何度落としてもまた作り直せばいい。そのたび自分で考えて違う形にしたり、お手本通りに積み上げたりと、いろいろ楽しめる。

子どもが積み木遊びをしているのは可愛いなとほほ笑ましい目で見ていたら、奈々子がすっくと立ち上がって声を荒らげたのでびっくりした。

「花音、なにをやっているの！　そんな簡単な積み木もできないなんて、そんなんで幼稚園に合格できると思ってるの⁉　美羽さんを見てごらんなさい！　あなたより遅くお教室に通い出したのに、あなたよりなんでもできるのよ！」

「ちょ……、ちょっと、二階堂さん！　落ち着いてください、積み木を落としただけじゃないですか」

険のある目で花音を睨む奈々子を見て、まずいと思った。

義両親からかけられるプレッシャーを、そのまま娘にぶつけてしまっている。怯えた目で奈々子を見る花音は、ここのところずっとこんな状態なのかもしれない。

奈々子は堰を切ったように、早口でしゃべり出した。

「大神さんはいいわよね。美羽ちゃんはなんでもよくできるし、旦那さまは有名作家の上にハイブリッドアルファで堂々としてらっしゃるし、子育てにも協力的で」

それは恵まれていると思う。

「花音は四月生まれで誕生日だって早いし、なんでも先にできて当たり前なのにお教室でも他の子よりぜんぜんできなくて。何回教えても上手にできないのよ？　なんでなの⁉」

成長のスピードはその子によって違うものだ。早く生まれたからといって早く成長するものではない。

奈々子の家は子どもが花音一人。いつだったか、奈々子は他県に出向していた夫と知り合って結婚し、地元を離れて友達も自分方の親戚もいないこちらに引っ越してきたと聞いたことがある。

近所づき合いもママ友つき合いもほとんどない奈々子には相談相手もおらず、息が詰まってしまって限界ぎりぎりなのだろう。

とりあえずと奈々子に着席を促し、子どもたちを安心させるようにほほ笑みかける。

「一回積み木はお片づけして、塗り絵にしようか」

子どもたちはきちんと積み木を箱に戻して、折りたたみテーブルの上に塗り絵とクレヨンを広げる。

デフォルメされたクマやゾウのイラストが、森や湖で笑っている絵をプリントアウトしたものだ。確か、花音は絵画教室で褒められたと以前言っていたし、塗り絵も得意だとお教室の先生から聞いたことがある。これなら問題ないだろう。

美羽はクマを茶色のクレヨンで塗り、木の葉を緑で塗ってりんごを赤く色づけた。花音はゾウをピンクのクレヨンで彩色している。

奈々子は眉をつり上げると、花音に向かってつかつかと歩いていった。

「花音！　ゾウさんはピンク色じゃないでしょ⁉　美羽さんみたいに、ちゃんとした色で塗りなさい！」

花音は悲しげに下を向き、

「ピンクのほうがかわいいもん……」

と呟いた。

「可愛いとか関係ないの！　お受験では、ちゃんとした色を使えるかどうか見られるかもしれないでしょうっ？」

奈々子の方が泣き出しそうな顔で花音を叱ったとき、シャワーから出てきた大神が花音の塗り絵を手に取った。

「可愛いじゃないですか、ピンクのゾウさん。絵本には実物の色以外にもたくさんの表現があります。娘さんの想像力が豊かな証拠です。潰すなんてもったいない。絵本作家の俺が言うんだから、間違いありません」

花音は涙を溜め始めた目で大神を見上げた。

大神が笑うと、絵本に出てくるオオカミが笑ったような錯覚に陥る。動物的な外見は見知った子どもには好まれ、場を和ませやすい。花音ははにかんだように少し笑った。

「美羽。クマさんは何色だ？」

「……ちゃいろ」

大神が尋ねると、美羽は花音の様子を気にしながらも、小さな声で答えた。

「そうだな。でもそれだけか？　他の色もあるんじゃないか？」

美羽と花音は顔を見合わせ、えー？　と首を傾げた。奈々子が思いついたように、

「あ、ホッキョクグマ」

と言うと、大神は大きくうなずいた。

「そうです、シロクマ」

「シロクマさん！」

美羽と花音の声が高くなる。シロクマやペンギンは子どもたちのアイドルだ。

「他にも、ツキノワグマはほとんど黒ですし、ハイイログマ、いわゆるグリズリーは灰色

の個体も多いです。俺のような」

とおどけたように言って、大神は自分の灰色がかった毛を指す。

奈々子は困惑したように、花音の塗り絵を見つめた。

「でも……、ピンクのゾウなんて……」

「ミャンマーのヤンゴンというところに、アルビノのゾウがいるんです。見た人によっては、ピンクがかっていたと言いますよ」

ほら、と大神は携帯を取り出して検索した画像を見せた。

美羽と花音が覗き込み、

「ピンクのゾウさんだー！」

「かわいい！」

と笑顔になった。画像には確かに、ピンクっぽい色合いのゾウが映っている。シャワーを浴びたあとに麦茶を飲んでいた亮太が、慌てて飛んできて画像を眺めた。

「ほんとだ！　ピンクのゾウさんかわいい！」

満面の笑みを見せる。亮太はゾウが大好きなのだ。

「きいろいゾウさんとか、水玉のゾウさんとかもいるのかなぁ」

「どうだろうな。でもいたら楽しいな」

大神が笑いながら亮太の頭を撫でる。亮太の三角の耳がぴるぴると動いて楽しそうだ。

　奈々子は困惑と不満の入り交じった表情で、大神を見つめた。

「ピンクのゾウはいたかもしれませんが……、それはわたしの無知で申し訳ありません。でも、想像力では幼稚園に受からないいんじゃありませんか？」

「ゴールは幼稚園ですか？」

　奈々子はかすかに目を見開いた。

　大神は責めるでなく、押しつけるでもない声で言う。

「人生は小さなゴールの積み重ねですから、私立幼稚園入園もひとつのゴールかもしれませんね。でもご存じのように、しらとりの倍率は高い。五、六倍とも、一説には十倍とも言われています。落ちる子の方がはるかに多いんです」

　だからこそ入園できたらステータスになる。それを奈々子の義親は望んでいるから、苦しんでいるのだ。

「しらとりに落ちる子はみな不出来でしょうか。俺はそうは思いません。しらとりに合わなかった、ただそれだけです。その子の個性を尊重できないなら、無理に合わせてもせっかくの才能を潰してしまいかねません。人生は学校を卒業してからの方が長いのに、そんなのもったいないですよ。どうしてもしらとりがよければ、小学校受験も、なんなら中学からだってあります」

　奈々子は眉間に皺を寄せて、「でも……」と呟いた。しかしそのあとの言葉が続かず、黙ってしまう。

大神は奈々子を包み込むようにほほ笑んだ。

「結果が振るわずとも、その努力は誇りこそすれ決してバカにされるようなことじゃない。入園できなかったら、あなたが責められますか？　自分へなら無視しましょう。けれど子どもに攻撃が向いたら、守るのは親です」

奈々子ははっと顔を上げた。

「子にとって唯一の砦（とりで）である親が、子どもを責めたら逃げ場がなくなってしまいます。花音ちゃんが行きたいなら、花音ちゃん自身が頑張ります。本人がどうしたいかが重要で、周囲の見栄（みえ）に振り回されることじゃありません」

奈々子は、自分を見上げた花音の目を見返す。

「泣くほどの努力をするのも、重荷を投げ出して身軽になるのも、どちらも正しい道だと思います。でも親子とも楽しく通えるのがいちばんだと、俺は思いますがね」

子どもがのびのびと健やかに、悩みも苦しみもなく育って欲しいとほとんどの親が思っているだろう。よりよい人生になるよう、幸せで楽しく暮らせるようサポートしていきたい。その思いから、いい学校へいい職場へと考えるあまり、子どもを追い詰めてしまうこともある。

期待に応（こた）えようと頑張る子もいる。逆に潰れてしまう子もいるだろう。なにが正解かはわからないから、親も子も手探りで進むだけだ。

だから奈々子が間違っているわけでも、大神が正しいわけでもない。人生に唯一の正しい答えなんてない。

奈々子は辛そうに、ぽつりぽつりと話し出した。

「わたし……、地方の大学卒で、主人の勤め先の子会社で一般事務をしていて特に取り柄もないし、たまたま出向してきた主人と出会って、結婚と同時に主人の実家のあるこっちに引っ越してきたんです」

それはいつだったか、千明も聞いた。

「すぐに子どもができたから再就職もしなかったし友達もいなくて、ほとんど誰とも会話しない生活が本当に息が詰まりそうで……」

知らない土地、新しい生活、両親とも遠く離れて友達もいない。確かに息が詰まりそうだ。千明は公園で美羽を遊ばせているときに奈々子と知り合ったが、自分から話しかけてくることはないおとなしいお母さんだった。

幼稚園就園前の子どもでは子ども会にも入れない。積極的に人脈を広げるタイプでもないから、児童館や健診で他の親子がいても話しかけれらなかったのだろう。

「夫の両親は……、もっと優秀なお嫁さんが欲しかったんです。せっかくお金持ちになったのに、わたしみたいな三流大学出の特技もない人間でなく、いいところのお嬢さんが欲しかったと言われました」

「そんな……」

思わず千明が呟いた。大神も鼻に皺を寄せている。

「結婚当初から冷たくされて、最初は庇ってくれていた夫も最近ではわたしのことを馬鹿にするようになって……」

奈々子の声が震えている。頭の中で思い出しているのか、だんだん奈々子の表情が険しくなっていく。

「だ、だから……、花音を絶対に幼稚園に合格させなきゃって……！　見返してやりたいんです！　わたしの血が入ってるから花音が不出来だなんて言わせない！　花音はわたしよりいい学校に行って、いい人生が歩めるようにしてあげたいんです！」

声が震え、奈々子の目から涙がひと粒、ぽろりと零れた。

「ご、ごめんなさい……」

奈々子は慌てて手の甲で涙を拭い、視線を床へ落とした。

自尊心を傷つけられ、守ってくれるはずの夫にまで辛く当たられ、我慢して、我慢して、限界ぎりぎりなのだ。

大神はテーブルの上に載っていたティッシュの箱をそっと奈々子に差し出した。奈々子はティッシュを一枚取ると、目もとに当てる。

花音が泣きながら、

「ママなかないで」

と奈々子の脚に取りすがった。

「花音……」

奈々子は真っ赤な目で、花音を見下ろす。花音は奈々子のスカートを握って、泣きながら言った。

「ごめんね、ママ。かのん、ゾウさん、あおでぬる。なかないで、ママぁ」

本物のゾウは青ではない。だがイラストやダンボのアニメーションから、青のイメージが強いのだろう。

ママと呼ばれても、奈々子は注意しなかった。泣きながらすがってくる花音をしばらく眺めていたと思うと、ぽろぽろと涙を零してしゃがみ込んだ。

「ママぁ」

「花音……！」

ぎゅっと花音を抱きしめる。

泣く子を見るのも辛いが、子どもは親が泣く姿を見るのは辛いものだ。子どもはその小さな手で、泣かないで、ぼくがあたしがいるよと、親を守ろうと精いっぱい腕を伸ばしてくる。

自分もそれを知っている。泣いている母を何度も見てきたから。

「あの、おれ……、上手く言えないんですけど……」

気づけば奈々子と花音に向かって話しだしていた。

「おれ、母子家庭で。母はオメガだったから、いろいろあって泣いてることもときどきあったんですけど」

オメガだからと千明の父方の両親に結婚を反対され、一人で千明を育てた母。オメガ特有の整った容姿のせいで寄ってくる男は多かったが、子持ちオメガの母と結婚を本気で考える男はいなかった。

だからいつも遊ばれて捨てられていた。母は極力千明に見られないよう夜中にこっそり泣いていたが、トイレに起きたりしたときに見かけると、一緒になって泣いて母を抱きしめた。

今にして思えば、母はそんな姿を子どもに見られたくなかったろう。寝たふりをして、見ない方がどれほど母が安心したか。

――千明はやさしい子ね。

それでも母は、そう言って口もとだけなんとか笑って、泣きながら千明を抱きしめ返した。幼い千明には母の気持ちはわからなかった。母を慰めたくて守りたくて、無力な自分にも泣けて仕方なかった。

一度だけ、小学生の頃に母の恋人だった男に文句を言いに行ったことがある。自分の父親になるかもしれないとかすかに思った期待が裏切られたことより、母を泣かせたことが許せなかった。

もちろん子どもなんてまともに相手にしてもらえなかったけれど、それでも言わずにいられなかったのだ。お母さんに謝れと、自分らしくなく大人の男に突っかかったのを覚えている。

「おれ、母の笑顔を見るのが好きでした。パートをかけもちしてたから忙しくて、朝と夜の慌ただしい時間しか一緒にいられないことが多かったけど、母がにこにこしてるのを見ると、幸せな気持ちになりました」

「しあわせ……」

奈々子はゆっくりと繰り返した。

自分で話していて、すうっと胸に染み入ってきた。そう、幸せだったのだ。母が笑っていると、千明も嬉しかった。

大神は千明の肩に手を置いた。

「俺も家族も、千明を愛しています。でもそれは、千明が有名大学卒業だからでも、自慢できる特技があるからでもありません。いつも家族を思い、笑顔を絶やさずに頑張ってくれていると知っているから」

奈々子は花音を抱きながら、濡れた目で大神と千明を見上げた。

「ランクの高い学校というのはありますが、それがイコールいい人生とは限りません。でも、花音ちゃんがいい学校に行ったら素晴らしい人生が開けると期待する気持ちはわかります。親なら子どもの幸せを願う気持ちは自然です」

大神はやさしく笑った。

「子どものため、懸命に努力している。あなたは素晴らしい母親です。もっと自分を自慢してください。あなたは花音ちゃんに愛されているんですから」

奈々子は大神を見つめ、それから視線を花音に戻した。

「花音……、ママのこと好き？」

「すき！」

花音は力いっぱいうなずく。

「怒ってばっかりなのに……？」

「ママ、かのんといっぱいあそんでくれるからすき」

きゅ、と眉を寄せた奈々子に、大神は安心させるように笑いかけた。

「伝統芸能の訓練ではあるまいし、積み木や縄跳びの練習は子どもにとって遊びの延長も同然です。花音ちゃんは、少々厳しくされてもまだそれを遊びと認識しているんですよ。繰り返しますが、子どものために努力するあなたは素晴らしい」

奈々子は大神の言葉を咀嚼するように目をつぶり、ゆっくりと息を吐き出した。

「わたし、誰かにそう言ってもらいたかったんだと思います……」

そして千明を見上げると、深々と頭を下げた。

「ごめんなさい、大神さん。わたし、意地の悪い気持ちであなたをお受験に誘いました。オメガ男性が母親で、自分より分が悪い人がいると安心したかったんです。ひどいですよね、こんな心持ちじゃ落ちて当然です」

「えっ、そ……、そうだったんですか……。あ、でも、おれ、確かに室長にも不利だって言われて一瞬落ち込みましたけど、逆に吹っ切れてしまったっていうか……、くよくよするのやめたって開き直っちゃいました。だから、大丈夫です」

なにが大丈夫なのか自分でもよくわからないが、とにかく大丈夫だ。奈々子は気にする必要はないし、自分も気にしていない。というか、精神的に強くなった気がするから、むしろありがとうと言いたいくらいだ。

奈々子は強がるでも怒るでもない千明を見つめ、やがて口もとをほころばせた。

「ご家族があなたを好きな気持ちがわかるわ。春風みたいにあったかくて、一緒にいると安心するのね」

急に褒められて、千明の顔がぱっと赤くなる。大神は人前だから千明を抱きしめないものの、肩に置かれた手が同意するように少し力がこもった。

大神は場の空気が和らいでホッとした顔をする美羽を抱き上げ、奈々子と花音に提案した。

「実は、子ども会のバーベキューを途中で切り上げてきてしまったんで、これから家族で近場のキャンプ場で仕切りなおそうと思ってるんです。よかったら二階堂さんと花音ちゃんも行きませんか」

突然の誘いに奈々子もびっくりしているが、千明も驚いた。そんな予定で早く帰ってきたのか。

奈々子は笑顔になると、花音の頭を撫でながら明るくうなずいた。

「そうですね。久しぶりに、めいっぱい遊んじゃいましょうか。ぜひご一緒させてください」

花音ちゃんとバーベキューに行くよと伝えると、美羽は手を叩いて大喜びした。

「かのんちゃん、いっぱいあそぼうね！」

「うん！」

子どもたちの無邪気な笑顔は、なににも勝る宝ものだなとあらためて思った。

5.

近場のキャンプ場は、車なら大神家から一時間もしない場所にある。

広大な公園がメインで、その一角にバーベキュー設備やオートキャンプ場がある。バーベキューは機材もレンタルできるし食材もそこで購入できる、手ぶらバーベキューが人気だ。

無料体験プログラムも多く、温泉施設も併設しているので一日楽しめる。幼稚園の親子遠足でも訪れる人気スポットである。

「りょーたん、おうまさんにのりたい！」

「みう、うさぎさんだっこする！」

着くなり、子どもたちは大はしゃぎで動物ふれあいコーナーに駆けていった。

奈々子が心配そうにちらりと大神を見る。

ハイブリッドアルファである大神はその外見から、動物たちを興奮させてしまう。だから動物園にもペットショップにも近づかない。

大神は笑いながら手を振った。

「他の動物の匂いなんかつけて、クーに浮気を疑われるといけませんからね。俺はバーベキューの準備をしてくるんで、子どもたちをお願いします」

冗談めかした口調で動物に近づくのを断った大神は、バーベキュー道具をレンタルするために一人で事務所に歩いていく。ネコに限らず、動物は他の動物の匂いに敏感だ。まずないだろうが、もし大神が他の動物の匂いをつけて帰ったら、クーは怒るか怯えて逃げるかするだろう。ちなみにクーは留守番のはつ江に預けてきた。

大神を見送った奈々子が、「ご主人、動物ともそういう関係でいらっしゃるの？」と割と真剣な顔で千明に尋ねたことは、大神には言わないことにする。奈々子はなにごとも真面目に受け取る人らしい。

大神がバーベキューの準備をしている間、子どもたちはポニーで乗馬体験や広場で小動物との触れ合いを楽しんだ。

亮太もオオカミの外見を持っているが、まだ子どもなのと、獣の匂いを消すハイブリッドアルファ専用の特別なシャンプーとソープを使っているので、動物もそれほど警戒しない。大神くらい育ってしまうとなかなか近づけないのだが。

動物を満喫してから、子どもたちを水着に着替えさせて噴水広場へ。九月とはいえまだ暑く、幼児と保護者が噴水から延びる池で遊んでいる。

水深は五センチから三十センチ程度と浅く、本当に水遊びができる程度だが、子どもたちは水のかけ合いっこでも楽しいものだ。

きゃあきゃあと叫んで水をかけ、ビーチボールで遊び、息を切らせて笑い転げている。

「二階堂さんも一緒にどうですか？」

ラッシュガードに短パンで子どもたちと水に入って遊んでいる千明が、池のほとりでこちらを眺めている奈々子を誘う。

奈々子は自分は濡れるのはちょっと、と遠慮したが、

「ママもおいでよ！」

花音に手を引かれ、戸惑いながらも水に足をつけた。子どもが水遊びをするのはあらかじめ伝えているので、奈々子もTシャツと短パンである。

「きゃ……、あ、冷たくないのね、あったかい……」

「浅いですから」

太陽の熱で温められて、むしろぬるま湯だ。

「こういうところで水遊びなんて初めて。わたし一人だから、あんまり外で子どもと遊ばなくて」

奈々子は楽しそうな表情になっている。

「ママ、これあげる」

花音が差し出した小さな手には、青く透き通ったガラス玉が乗っていた。ラムネの瓶にはまっているような、真ん丸のガラス玉が光を反射して輝いている。

「きれいね。でも、花音が見つけたんだから花音が持っていいのよ」

「あげる。きれいだから。ママすきだから」

奈々子は一瞬目を開いたあと、とろけるような笑みを浮かべた。

「ありがとう。ママも花音が大好きよ。大切にするね」

花音は嬉しそうににっこり笑うと、奈々子の手を引いて池の真ん中に連れていった。

奈々子の表情はとても晴れやかだった。


九月とはいえ、まだ日は長い。

夕方六時でも明るさの残る中、バーベキューでみんなもりもりと食べた。遊びで疲れきったあとだから余計に美味しい。

日が落ちてほどよく満腹になったところで、花火大会。シューという音とともに勢いよく火花が噴き出るすすきや、ぱちぱちと弾けるスパーク、そして誰がいちばん最後まで玉を残せるかを競うのが楽しい線香花火。

大人も子どもも、闇夜に浮かぶ光の魔法に目を奪われた。

線香花火のちりちりとした火玉を見ながら、奈々子がぽつりと呟く。

「わたし、花音とこんなにたくさん外で遊んだの初めて」

花火に照らされた奈々子の横顔は、とても落ち着いていた。

「初めての体験は、これからどんどん増えますよ。だって子どもはどんどん成長しますから。初めてのことばっかりです」

少し離れた場所で、お兄ちゃんたちに囲まれて花火を楽しむ美羽と花音を眺めた。

「そうね」

奈々子は屈託なく笑う。そして、首を傾けて遠くを見るような目をした。

「わたし、子どもといるのが楽しくて幸せだって、忘れてました。生まれたときはあんなに可愛くて幸せで、守ってあげなきゃって思ってたのに」

子どもは幸せをもたらしてくれるものだけれど、現実に子育てをしているとそう言っていられない日常もたくさんあるものだ。

「今日、ママ、ママって楽しそうに遊ぶ花音を見て、あの子が楽しいんならいいじゃないかって思えたんです。もしママって言うあの子を幼稚園が合わないと思うなら、それでいいやって。だからお受験はもっと気楽に考えます。夫も、きっと毎日いらいらしたわたしを見るのが苦痛だったんでしょうね。家に帰ったら話し合います」

ゆっくり気負わず話す奈々子を見て、千明も嬉しくなった。

「じゃ、今度ぎりぎり暑いうちに〝おうちで海の家ごっこ〟して遊びませんか」

POSTCARD

1 0 1 - 8 4 0 5

東京都千代田区
神田三崎町2-18-11

二見書房
シャレード文庫愛読者 係

通販ご希望の方は、書籍リストをお送りしますのでお手数をおかけしてしまい恐縮ではございますが、**03-3515-2311までお電話くださいませ。**

<ご住所>

<お名前> 様

＊誤送を防止するためアパート・マンション名は詳しくご記入ください。
＊これより下は発送の際には使用しません。

TEL	職業／学年
年齢　　代	お買い上げ書店

Charade 愛読者アンケート

この本を何でお知りになりましたか？

1. 店頭　2. WEB（　　　　　）　3. その他（　　　　　　　　　）

この本をお買い上げになった理由を教えてください（複数回答可）。

1. 作家が好きだから（小説家・イラストレーター・漫画家）

2. カバーが気に入ったから　3. 内容紹介を見て

4. その他（　　　　　　　　　　　　　　　　）

読みたいジャンルやカップリングはありますか？

最近読んで面白かったBL作品と作家名、その理由を教えてください（他社作品可）。

お読みいただいたご感想、またはご意見、ご要望をお聞かせください。

作品タイトル：

ご協力ありがとうございました。

お送りいただいたご感想がメルマガに掲載となった場合、オリジナルグッズをプレゼントいたします。

「おうちで海の家ごっこ?」

「はい。リビングにビニールシートを敷いて、庭のビニールプールから直接裸足で家の中に上がれるようにするんです。海の家みたいに、かき氷と焼きそばとか用意して」

美羽の習いごとの合間を縫って一度やったのだが、子どもたちがとても喜んだ。奈々子と花音は、予定を聞いたら習いごとと被ってしまっていたので誘えなかったのだ。

「楽しそう!」

最後の火玉が落ちて、辺りが暗くなった。花火の光に目が慣れていたぶん、余計に暗く感じる。

「ママぁ、ねんね」

たくさん遊んで疲れたのだろう。赤ちゃんのような言葉で甘えた花音が目をこすって奈々子の手を握った。

千明は花火の片づけをしようとした奈々子を止める。

「あとは水を捨ててゴミをまとめるだけですから、おれやります。先に車に戻ってください。奈津彦さんも、子どもたちを車に連れていってもらえますか」

奈々子は礼を言って立ち上がり、花音を抱き上げると、駐車場に戻っていった。大神家の車は七人乗りなので、奈々子は自分の車で来ている。

千明は手早く片づけを済ませてみんなの後を追う。車に乗り込むと、子どもたちはすでに後部座席で爆睡していた。

「みんな、気持ちよさそうですね」

「ああ、来てよかった」

ひとりひとりの顔をじっくり眺めていると、幸福感が湧き上がってくる。この子たちが幸せに暮らせますようにと、願わずにいられない。

千明がシートベルトを着けるのを確認した隣の車の奈々子が、小さく会釈して車を先に発進させる。

大神は車を動かす前に、かすめるように千明の唇にキスをした。

子どもたちが寝ているからって！

かすかに頬を赤らめた千明が睨むと、大神は余裕ありげにほほ笑んだ。

「今日はずっと人目があっておまえに触れなかったからな」

家に帰ったらたくさん触るぞと、言葉の調子から察せられる。

「……バーベキューで疲れてるのに」

もちろん嫌ではないけれど、照れから少しばかり拒絶の言葉を発した千明に、大神の笑みが深くなる。

「俺はまだ今日、いちばん好物の肉を食べていない。ヒツジの肉だが」

今度こそ真っ赤になった千明は、

「奈津彦さん、オヤジくさい！」

と大きな声を出してしまい、慌てて自分の口を押さえた。幸い子どもたちは疲れきっていてぴくりとも動かない。

大神に今夜も美味しく食べられてしまうんだろうなと思いながら、車に揺られているうちに千明もいつしか眠りに落ちていた。

＊

「では、受験番号三十一番から三十五番の皆さま、面接のお教室へご案内いたします」

教室にいる半分の人数が呼び出され、緊張が走る。

試験日当日。

スーツに着替えた大神と千明、お受験ワンピースを着た美羽は、いつも通りの時間に起き、朝食を取ってバスと電車で幼稚園に来た。

普段は和服で過ごす大神のスーツ姿は外出時にときどき見ているが、受験用に仕立てたスーツは、いつもと雰囲気が違って見える。

たくましいオオカミの体を、目立たないピンストライプの入った濃紺がきりっと引き締めている。千明の無地のスーツと美羽のワンピースも、お揃いの色にした。

あまりに似合っていて、「奈津彦さんかっこいい……」としばらく呆然と見とれていてキスされたのは、美羽を着替えさせたあとに自分たちの部屋で着替えていたときだ。

「おまえのかっちりしたスーツもめずらしいから、新鮮だ」

目を細めて眺められ、緊張する。

「変じゃないですか？」

「似合ってる。ま、おまえはなにを着てても最高だがな。若くてやさしいパパといった感じだ」

息をするように入る賞賛に照れながら、よかったと息をつく。鏡で自分を見れば、若いパパというより成人式のようだが、オメガはもともと年齢より若く見える性質なので仕方がない。

幼稚園に着くと、まずはひとつの教室に子ども十人、それぞれの両親で計三十人に分けられた。

まずは集団テスト。

教室の机と椅子に子どもたちが座り、両親は授業参観のように壁に沿って子どもを見守るように立つ。受験の空気に飲まれて半べそで母親から離れない子もいた。

教諭の言う通りに折り紙を折ったり、絵を描いたりする。歌いながら手遊びをしたり、おはじきを大きさ順に並べたり、いつもやっている遊びの一環のようなテストだった。

親子課題では、画用紙に折り紙や毛糸やクレヨンを使って自分のお庭を造りましょう、というもので、美羽と千明が楽しくアイデアを出しながら、大きな池に魚の泳ぐ日本庭園風の庭を造った。

みんなで机を端に寄せ、真ん中に子どもが集まって積み木やブロックで自由に遊ぶ。周囲の子との関わり方、おもちゃの扱い方などを、教諭が目を光らせて見ていた。

美羽はすぐに他の子と仲よく遊びだし、おもちゃを取り換えっこしたり、協力して積み木でおうちを作ったりしている。緊張して普段通りに動けない子もいる中で、おそらくよくできているのではないかと千明は内心思う。

そしていよいよ面接である。

前の五組が呼ばれ、残された五組は特に親の間に緊張が走った。もちろんみんな努めて普通の顔でいるが、内心落ち着かないのは表情でわかる。千明たちは後半の組なので、まだもう少し待たねばならない。早く終わるから、どうせなら前半がよかった。試験番号はくじ引きだから仕方がないが。

千明も緊張からか、シャツの下が汗ばんで体が熱くなってきた。記念受験のつもりでも、やっぱり緊張する。大神を見ると、余裕の表情で美羽を見ているのにホッとした。

（奈津彦さんがいれば大丈夫）

そう信じさせてくれる安心感に溢れている。

ちょっとだけ指先を大神の手に触れると、振り向いて千明に笑いかけた。会話をするわけにはいかないので、千明も笑顔を返す。ふわっと緊張が軽くなった。

リラックスして美羽の様子を眺めていたが、

（あれ……？）

だんだん部屋が暑く感じ始める。今日は十月にしては暑いが、さすがに冷房を入れる時期ではない。

他の人たちは暑くないのかとちらっと周囲を窺うが、みな自分の子どもに集中していて暑さは感じていないようだ。

（自分で思うより緊張してるのかな、おれ）

どちらかと言えばあがり症だもんなと結論づけ、緊張を解くよう静かに深呼吸する。美羽に視線を戻したとき、面接担当の教諭が千明たちの組を呼びにやってきた。

「大変お待たせいたしました。受験番号三十六番から四十番の皆さま、面接のお教室へご案内いたします」

微電流のような緊張が走る。

教諭の後に続き、父、子、母の順に並んで廊下を歩く。歩いている間にもどんどん暑くなってきて、千明なりに緊張が高まっているのだなと思う。前を歩く大神の尻尾が特注のスラックスから出ているのを見て、胸がきゅうっと甘酸っぱくなる。

オオカミの頭部やたくましい肩、広い背中がふるいつきたくなるほど魅力的で……。

（え……？）

どき、と心臓が高鳴る。

これは、まさか……？

まずい、と内心で大いに焦りながら歩を進める。体が熱くて重くなってきたのに、なんだか雲の上を歩いているようにふわふわとして――。

「こちらです。受験番号三十六番の方から順にお教室にお入りください」

教諭が立ち止まり、入り口の扉を開けた教室に入室を促される。大神家は三十八番である。

前の子どもが緊張のあまり入室の瞬間に大きな声で名前を言ってしまい、「まだ聞いていませんよ」と面接官にたしなめられていたり、最初に入った子が勧められる前に椅子に座って母親に腕を引かれて慌てて立ち上がる光景が、スクリーンの向こうで行われているようで現実感がない。

どうしよう、思考がまとまらない。面接に集中しなければいけないのに、目が勝手に大神を追いそうになってしまう。よりによって、なんでこんなときに……！

「本日はしらとり学園付属幼稚園、入園試験にお越しくださり、ありがとうございます。どうぞ皆さま椅子におかけください」

三人並んだ面接官のうち、真ん中の女性が主に口を開いている。だがそんな大事なシーンなのに、まるで気が乗らないテレビ画面の映像のように集中できない。

まずい、まずい、まずい。

なんとか椅子に腰かけると、尻の狭間(はざま)がぐずりと濡れているのがわかる。

（やっぱり……！）

発情だ！

焦りと緊張で、頭の中がぐるぐる回る。なんで、よりによってこんなときに！

一応薬は飲んできた。けれど知っている。大神と運命の番である千明には、発情抑制剤など効き目がないことを。

心臓がどくどく鳴っている。血流が体を駆け巡り、脳内で暴れ回っているようだ。大神を見ないようにするだけで精いっぱいで、面接官の言葉が耳に入ってこない。

荒い息をつきたいのを必死に堪(こら)え、膝の上で手のひらに爪が食い込むほどこぶしを握りしめた。

どうしよう。体が熱い。頭が曇る。腰の奥がむずむずして、大神の気配が――。

「…………さま、美羽さんのお母さま」

はっ、と顔を上げる。

面接官の不審げな目と視線が合った。

「あ……、す、すみません……」

しっかりしろ！　なんのために美羽も家族も頑張ってきたんだ。

なんとか笑顔を返すと、面接官は静かにうなずいた。

「お子さんのご兄弟についてお聞かせください」

「はい。兄が三人おります。上は小学六年生から、下は小学一年生まで、みな妹を大変可愛がっており……」

想定していた質問のひとつでよかった。幼児教室での面接対策集に書いてあった質問は、自動的に返事が口をついて出るくらい何度も何度も練習している。考えなくても答えられる。

だが上手く答えられただろうか。笑顔がぎこちなくはないか。

時間が長い。他の親子が答えている間にも体温が上がっていく。

「……ありがとうございました。では、三十六番から順にご退室くださいませ」

やっと終わった！

ああ、早くこの教室から出たい。誘惑香が周囲に漏れる前に——。

立ち上がった瞬間、美羽と手をつなごうとした大神が振り向き、千明と目が合った。

「あ……！」

ばちん！　と自分の中でなにかが弾けた音がした。心臓が痛いほど大きく鼓動し、脚の力が抜けてがくんと床に膝をつく。

「ちー！」

「ママ！」

とっさに大神が千明の腕を取り、転倒だけは免れる。周囲から「きゃあっ」という悲鳴が上がった。

オメガの甘ったるい誘惑香が、ふわっと体を包み込む。アルファらしい保護者が眉を寄せ、香りを吸い込まないようハンカチで口と鼻を押さえた。

（どうしよう……！）

保護者が子どもの手を引き、自分に引き寄せる。

「見ちゃいけません！」

大きな釘でも打たれたように、胸が痛んだ。

確かに子どもに見せるべき姿ではない。けれど、自分が汚いものと言われているようで涙が滲む。選んで今発情しているわけじゃない！

一人の母親が厳しい口調で言った。

「ちょっと……、面接に来るのに抑制剤も飲んでいないんですか？　よりによって、子どもの目の前で！」

飲んできた。けれど効かないのだ。

でもそんなことを言っても意味がないのはわかっている。彼らにしてみれば、受験会場で発情したオメガ、それだけが事実なのだから。

面接官もまずいと思ったのだろう。立ち上がり、ざわつく教室内を切り裂くように声を張り上げた。

「皆さま、お静かに！」

騒いだら受験に不利になると思った保護者たちは、ぴたりと口を閉じた。

面接官は厳しい口調で、保護者たちに指示する。

「どうぞ、順にご退席ください。ご退席後は、すみやかなご帰宅をお願いいたします」

大神以外の保護者たちは不満げな顔をしていたが、さすがに面接官の前でこれ以上苦情を言う者はいなかった。

「行くぞ」

大神が千明にささやき、腕を取って立たせる。つかまれている部分が燃えるように熱い。

意識が大神に向かって引っ張られる。

それでも千明は面接官に向かって頭を下げた。

「お騒がせして……、申し訳ありません……」

大神も深々と頭を下げる。美羽も合わせてぴょこんとお辞儀した。

「きょうは、ありがとうございました！」

練習通りにはっきり言えて偉いなと、こんなときでも親の顔が覗く。だがきっと自分のせいで受験は失敗だろうと思うと、心から美羽に申し訳なくて泣きたくなった。

教室の扉を閉めた途端、保護者たちから遠慮のない侮蔑の視線が飛んでくる。

大神は全員の顔を見回すと、獣頭をしっかりと下げた。

「皆さまにも、大変ご迷惑をおかけして申し訳ありませんでした」

たっぷり数秒頭を下げたあと、「失礼します」と言って千明を抱き上げる。

「なつひこさ……」

「しゃべるな」

こんな人前で歩けなくなるなんてみっともない。でももう脚に力が入らない。

ああ、熱い。熱い。どこまで我慢すればいい？　体が疼く。誘惑香が鼻にまとわりついて苦しい。

大神が欲しくてたまらない。嫌だ、子どもの前でこんなの嫌だ！

（助けて……！）

歩き出した大神たちの背中に、鋭い声が飛んだ。

「人前で発情なんて、受験以前の問題でしょうっ？　あなた方のせいで面接がめちゃくちゃだわ！　これで落ちたらどうしてくれるんですか！」

一人の声につられた保護者たちが、次々に千明を責め立てる。

「体調管理もできないなんて、受験する資格もないんじゃありません？」

「だらしがない。これだからオメガは」

「そもそもオメガ男性が母親なんていうのが……」

大神がぎらりと金色の目を光らせ、後ろを振り向いた。

いけない！

「だめ……」

ぎゅっと大神のスーツの襟をつかんで止める。だが大神が吠えるより早く、自分たちの足もとで澄んだ高い声が叫んだ。

「ママをいじめないで！」

ピタッ、と周囲の声がやむ。

なんとか首を巡らせて下を見ると、美羽が小さなこぶしを握りしめて大人たちを睨みつけていた。

「みうのママは、せかいいちのママなんだから！　やさしくて、みうのいちばん、す、しゅき、な……、ママなんだからぁっ……！」

怒りと興奮のあまり、真っ赤になって震える美羽の目からぽろぽろと涙が零れ落ちた。

ひくっ、とのどを鳴らしてしゃくり上げる。それでも毅然と唇を引き結び、顔を上げた。

「美羽……」

小学生の頃、母を泣かせた男に文句を言いに行った自分の姿が重なる。苦しい中で、胸がじんと痺れるほど感動した。

大好きな母を悪く言われること、母の泣く姿は子どもにとってとても辛いものだ。母のために小さな体で立ち向かう。なにもできなくても、その気持ちが力をくれるのだと、自分が親になって身に染みて思う。

千明の母も、情けない姿を子どもに見られたくなかったに違いない。けれど千明が母を抱きしめた温もりは、きっと母にも力を与えた。

さすがに子どもを泣かせてバツが悪くなったのか、保護者たちは口をつぐんだ。

「おろして……」

千明は厳しい顔をする大神に視線で頼み込み、床に下ろしてもらった。

大神に支えられながら保護者たちにもう一度頭を下げたとき、額から滴った汗が床に落ちた。

「本当に……、ご迷惑をおかけして申し訳ありません……。でも……」

顔を上げると、一人一人の保護者を順に見ていく。みな困惑と怒りが混じった険しい顔をしていた。

自分が迷惑をかけてしまったのは事実だ。それは責められても仕方がない。けれど。

「おれが……、オメガであるということと、オメガ男性が母親となることを、どうか否定しないでください……」

人の性そのものを否定するのは間違っていると思う。

「おれは……」

と言ったきり言葉が続かなくなった。

頭がぼうっとして、荒い息をついたまま胸を押さえた。

もっと詳しく、論理立てて言いたいのに、思考がまとまらなくてこれ以上言えない。違うんだ、自分が不満なんじゃない、美羽に……、子どもたちに……。

大神が千明の肩をぐいと抱き寄せ、自分に寄りかからせた。同時にもう片方の手で美羽を引き寄せ、家族を守るように大きな体に囲い込む。

大神は怖いくらい静かな声で言った。

「娘の前で母親を侮辱したことを謝っていただきたい」

ぞく……、と背筋が冷たくなった。

怒っている。声は静かだが、これ以上ないほど激昂(げっこう)している。周囲の保護者たちも、一瞬で凍りついたような表情になった。

「そして、ご自分たちの言葉を反芻してみてください。オメガだから母親になるな？　それは差別以外のなにものでもありません。まさか教育熱心なあなた方が、ダイバーシティという言葉をご存じないとはおっしゃいませんよね」

保護者たちは、胸を衝かれたようにびくっと震えて赤面した。子どもたちは異様な空気に呑まれて両親の顔と大神を見比べている。

大神はしばらく保護者たちを睨めつけていたが、誰も言葉を発しないのを見ると、千明の肩を抱いた手にぐっと力を込め、美羽の手を握った。

「私どもから謝罪はしましたが、あなた方からの謝罪はいただけないようだ。失礼いたします。妻をこれ以上放っておけませんので」

そして雰囲気をがらりと変えると、子どもたちに向かってやさしくほほ笑みかけた。

「びっくりさせてごめんね。お病気じゃないから、心配しないで」

子どもたちは、おずおずとうなずいた。

大神は最後に保護者たちに向かって、

「親の影響は偉大です。子どもたちの前でと言うなら、どうぞご自分たちの言葉の意味をお考えください」

そう言うと、もう振り向かずに千明と美羽を伴って歩き始めた。

大神に支えられて歩きながら、千明の胸に感動と喜びが滲んでくる。知らずに唇がほほ笑みの形になった。

大神は千明が言いたかったことをわかってくれている。自分を否定されたことより、美羽や他の小さな子どもたちに、差別を容認する態度を見せたくなかった。侮蔑を受け入れたくなかった。

大神は学校の建物を出るなり携帯を取り出し、はつ江に電話をかけた。手短に事情を説明して美羽を迎えに来てくれるよう頼むと、タクシーを呼んで三人で乗り込む。

「H&Yホテルまで」

乗り込んだときに一瞬振り向いたタクシー運転手は千明の誘惑香に眉を寄せたが、なにも言わずに窓を半分ほど開けた。よかった、アルファではないらしい。

発情したオメガの誘惑香は強い催淫作用を持ち、特にアルファにとっては抗い(あらが)がたい誘惑となる。さっきいた保護者の中にもアルファらしい人がいたから、それについては申し訳ない。きっと家族の前で情欲を抑えるのに苦労していることだろう。

大神がタクシーの中から電話で予約したおかげで、ホテルに着くとすぐに最上階のスイートルームに通してもらえた。

「ママ、だいじょうぶ？　おみず、のむ？」

奥の寝室に入るなり床にしゃがみ込んだ千明に、美羽が必死に手を握って声をかける。

小さな顔、温かい手、愛しい我が子――――。

どんなに体が辛くても、この子の顔を見ていれば耐えられる。こんなに愛しいものをくれた神さまに感謝する。

ありがとうございます、おれをオメガに産んでくれて。大切な番と家族に出会わせてくれて。オメガじゃなかったら、こんな幸福は手に入らなかった。

だから、オメガでよかったと今は心から思える。

「ありがとう……。美羽が世界一のママだって言ってくれて、すごく嬉しかった……」

美羽はにっこり笑った。

「だってみう、せかいいちママすきだもん」

嬉しい。

美羽は千明に抱きつき、思いきり匂いを吸い込んだ。

「ママ、あまくていーにおい」

どき、としてから安心した。誘惑香は、子どもにはただ甘い香りなだけなのだ。

「美羽、ママはちょっと具合が悪いから、一人で休んでもらう。美羽とパパは、おばあちゃんが来るまで隣の部屋で待つぞ」

大神が低い声で言い、美羽を抱き上げる。発情した自分も苦しいが、千明の誘惑香に中(あ)てられた大神も相当辛いに違いない。

互いの存在を感じれば、どうしても体が疼く。物理的に距離を取るのがいちばんだ。

（だから、スイートルームなんだ……）

複数の部屋からなるスイートルームなら、千明と離れられ、はつ江が美羽を迎えに来るまで大神も他人の目に触れずに済む。

美羽を抱いて寝室を出る前、大神は目を合わせないように千明に言った。

「母が来たら、すぐに美羽を預けて戻ってくる。それまで絶対に寝室は開けないし、おまえが落ち着くまで誰も寝室には通さない。だから、安心していい」

大神以外、寝室には入らない。

千明が落ち着くまで、誰も寝室には通さない。

美羽の手前わかりやすい言葉では言わないが、一人になったら自分を慰めていいということだ。我慢せず、どれだけ乱れていてもいいと。

ぱたり、とドアが閉まると、防音設備の整ったスイートルームは途端に人の気配が消える。かすかな空気清浄機の作動音だけが響く部屋で、千明はやっとキングサイズのベッドにうつ伏せに倒れ込んだ。

「うあ……」

ぐん！　と情欲が盛り上がる。スラックスの下で反り返った陰茎が自身の体に圧（お）し潰されてベッドに当たり、それだけで先端から熱い飛沫（しぶき）が迸った。

「ひ……！」

一気に快楽に脳を支配された。耐えに耐えたぶん、マグマが噴き出すように淫熱が体を駆け巡る。

下着の中にねばついた温かさが広がっていく。ジャケットも脱がずに、上手く動かない手でベルトを外し、ためらいもなくスラックスのウエストから手を突っ込んだ。

「あぁ……、は、ぁっ！」

ぬるぬるに濡れた勃起をつかむと、喘ぎとため息が同時に漏れる。広げた前立てと下着のすき間から誘惑香が立ち昇り、脳髄を甘ったるく刺激した。

鼻の奥に誘惑香がまとわりつく。もうなにも考えられない。

ただただ気持ちよくなりたい。獣のように叫びを上げて、腰を振って雄を誘い、体の奥底で種を飲み干して――――。

「オオカミさん……！」

愛しい番の顔を思い浮かべながら、夢中でペニスを扱き立てた。痛いほど感じる。

よくて、よくて、スラックスに手を突っ込んだまま、うっとりしながらまたしても下着の中に精を吐き出した。

「ああ……」

指も、手の甲まで千明の精でぐしょぐしょだ。下着の中が精液の青臭さと誘惑香の甘さが混じり合ったいやらしい匂いで蒸れている。

二回射精しても、陰茎はまったく硬さを失わない。ぎちぎちに張り詰めて、さらなる快楽を待ちわびている。

「うしろ……、うしろ、も……」

アルファの極太の雄の味を知っている後孔が、涎を垂らさんばかりに蜜液を滲ませて愛撫を待っている。

無意識に左手で後孔を探り、指を滑り込ませた。

「ひぅ……」

気持ちいい！

いきなり二本挿し入れても、蜜液のぬめりを借りてすんなり根もとまで指を飲み込む。きつい淫道の中で指を動かすと、くちゅくちゅと孔をかき混ぜる音が響いた。

「あう……、あ……、ああ……、オオカミ、さん……、いい……、はやく……」

前からも後ろからも手を入れてきつくて不自由なのに、スラックスを脱ぐということに頭が回らない。そんなことより、ただ気持ちよくなりたい。

気づけば、だらしなく開いた唇から舌を出し、恍惚とした表情で笑っていた。

なんて見苦しい。ただの獣だ。

でも抗えない。これがオメガの発情だから。

「たね……、ほしい……」

腰の奥がきゅうきゅうと締まって疼く。早くそこに種を撒(ま)いてほしい。熱くて大量の、大神の精が欲しい。

指ではもの足りなくて、ぎゅうっと締めつける。

ああ、頰に当たるシーツが冷たくて気持ちい。体が熱い。でも自分より体温の高い獣の体に包まれて、燃え尽きるほど感じたい。

はやく、はやく……、はやく――――！

「はやく……！」

声に出した途端、寝室の扉が開かれた。

扉の枠いっぱいに埋まるほどの大神の巨体が立っている。

興奮でぐるぐると鳴るのどの音が聞こえる。わずかにめくれた唇の間から、野性的な白い牙が覗いた。

かすかに逆立つ獣毛から、まるで湯気を立てるように熱を発している。オオカミの金色の目がぎらりと光り、獣の情欲の視線に体の中心を貫かれた。

「あ……っ！」

見ただけで、射精した。

千明は背を丸め、自分でも媚(こ)びているとわかる視線で大神を見た。大神が淫猥(いんわい)な笑みに唇を歪(ゆが)め、鼻をひくりと蠢かす。

「すごい匂いだ」

大神のスラックスの前立ても、くっきりと巨大な雄の形を浮かび上がらせている。

「待たせたな、ちー」

興奮で膨らんだ大神の尻尾が、ばさりと太腿を叩いた。

「満足させてやる」

大神が、千明に向かって両腕を差し伸べた。

「オオカミさん……！」

大神が大股で歩いてくるのと同時にもつれる足でベッドを飛び下り、腕に飛び込む。

ジャケットを脱ぎ捨てた大神に抱きしめられた瞬間、人間らしい意識が焼き切れたのを感じた。

6.

抱き合ったまま、いつもより激しいキスを交わす。

静かな空間に、互いの唾液を奪い合う濃厚な情欲の音が響いている。

苦しくても千明が逃げられないように、大きな手で首から顎を捉えて顔を上向きに固定されているのが、野生の獣に貪られているようで興奮する。

人間とは違う、複雑に動く長く広い舌。ときおり唇に当たる鋭い牙。シャツを通して感じる柔らかい毛。

千明の口腔を舐め尽くしながら、オオカミののどが低く鳴り続けている。顎を固定しているのとは反対の手で体をきつく抱き寄せられ、ごりごりに勃ち上がった大神の雄が千明のへそに押しつけられた。男根の存在をリアルに感じ、腰奥から熱い蜜液が溢れてくる。

欲しい……、欲しい……、この人の種が、全部が欲しい！

「オ……カミ、さん……」

ぐずるように頭を振って唇の結合を解き、大神の腕の中から抜け出す。

キスの余韻で荒い息をつきながら、媚薬(びやく)にでも脳を侵されたように大神の雄が欲しくて、床に膝をついてスラックスを押し上げる硬い男根に嚙みついた。

「こら、取り出すまで待てないのか」

淫猥な色を乗せた笑みを浮かべながら、大神が千明の頭を撫でる。

「まて……ない……」

布の上から、男根の形を確かめるように舌を這わせた。ざらりとした布の感触に欲情が燃え上がる。

でも早く舐めたい。熱くて、硬くて、淫らな匂いにまみれた剛棒を。

もどかしい手つきで大神のスラックスの前立てを開き、男根を取り出した。

ただでさえ大ぶりの雄は、発情期の誘惑香に中てられていつもより巨大に膨れ上がっている。むわりと雄くさい匂いが立ち昇った。

ごくりと千明ののどが鳴る。

千明が発情してから一時間近くもスラックスの中で窮屈に閉じ込められていた雄は、怒ったように真っ赤に色を変えて亀頭の笠も開ききっていた。

まだネクタイも緩めていない、前を開いただけのスラックスからにょっきり勃ち上がっている巨大な男根がアンバランスで興奮を煽る。

たまらず両手で大神の男根を捧げ持ち、裏筋と亀頭のつなぎ目を舐め上げた。

「ふあ……」

熱い！

噎せそうな男の匂いと味に、オメガの本能が爆発した。

技巧もなにもなく、骨を与えられたイヌのように夢中で男根をしゃぶり始める。

「ん……、んあ……、は、ぁ………」

硬い雄を扱けば、イヌ科特有の大量の先走りが迸り、茎を伝って垂れ落ちてくる。官能的な味がただただ美味しくて、舐め取ることに熱中した。

大神が千明の前髪をかき上げ、舌を伸ばす淫らな顔を笑みを浮かべて眺めている。

「互いにスーツのままだと、会社で悪いことをしているみたいだ。部下の新入社員がセックス好きなんて、AVにでもありそうなシチュエーションだな」

そんなふうに言われると、自分が安っぽいAVの男優にでもなった気がした。でも淫欲に支配された頭は、そんなことも興奮材料として受け入れる。

膝をついているせいで、反り返った大神の雄を下からしか舐められない。たらたら零れてくる量の多い先走りが顎に滴る。

千明の唾液でてらてらと光るたくましい男根に、絶頂が近づいて太く青黒い血管が浮かび上がった。

「このまま飲みたいか?」

口の中を白い体液で溢れさせる想像に、腰が痺れた。飲みたい。でもそれよりも……。

「いれて……」

飲むなら尻からがいい。

やっと雄を放した千明の唇を、大神が親指で拭う。口淫で赤く腫れた唇がめくれて白い歯が覗き、扇情的な千明の表情に大神がうっそりと笑った。

「いやらしくて、いい表情だ」

腕を引いて立たされ、キャビネットに手をつかされる。

「スーツ姿のおまえは新鮮だ……、燃える」

「あ……っ」

ずる、と下着ごとスラックスを引き下ろされ、腰と腿が露出する。性器はもとより、千明の内腿までべっとりと精液がこびりついていた。低い笑い声を出した大神が、千明の耳朶を舌先でなぞる。

「もう何回達ったんだ」

大神も返事を期待して聞いたわけではないだろう。ただ千明の羞恥を煽るための言葉に、恍惚で曇った頭は素直に反応した。

「さんかい……」

大神が目を細め、

「本当に可愛いやつだ。じゃあ準備は必要ないな」

耳朶に歯を立てられてびくっと尻が震えた。

千明のシャツとジャケットをめくり上げた大神が、蜜液の滴る後孔に雄の先端を押しつける。

「もっと腰を突き出せ」

両手で腰骨をつかまれ、自ら雄を咥え込むように後ろに引き寄せられる。

「ああ……っ、っ」

ぐぐっ、と尖った先端が肉の環を割る。千明の指で広げただけの襞はきついけれど、発情期特有の柔軟性で美味そうに熱塊を呑み込んでいく。

「ひ、ぃ……、う……」

待ちわびた熱に、粘膜が全力でしがみついた。

早く搾り上げたくて、大神の形がわかるほどきゅうきゅうと吸着する。

「すごいな……」

大神が熱く息をつく。

ほとんど毎日しているのに、発情期の体はやっぱり違う。意識も、体も、いや細胞のすべてが大神に向かって手を伸ばしている錯覚に陥る。

亀頭球の手前まで収めきった大神が、ゆっくりとまた引き抜いていった。

「ひぁ、ああ……、ぬかな、で……」

せっかく挿入ってきたのに！

「ほしい……！」

涙目で振り向くと、大神は長い舌で獣らしい口の周りを湿した。

「ちゃんと射精してやる。亀頭球まで埋めきる前に、俺もおまえに締めつけられながら竿を扱きたい」

亀頭球まで挿入ってしまえば、肉茎を扱くことはできなくなる。亀頭球で蓋をされたまま体ごと揺さぶられるだけだ。

「少しだけ楽しませろ」

言うなり、また奥までずんと雄を突き入れられた。

「あああっ……！」

千明の腰をつかんだまま、激しい抽挿が始まる。

「あぁ……っ、あああああっ、ひぁう………！」

長大な雄が広がりきった肉襞を往復し、体奥を衝き、グラインドする動きで体の中をかき混ぜる。濃厚な誘惑香が立ち昇り、千明の腰をつかむ大神の手が汗ばんで熱くなった。

「すごい……、ああ、すごいぞ、ちー。気持ちいい……」

おれも、という言葉は、嬌声を上げ続ける千明の口からは音にならなかった。

大神の手が腰骨から尻肉をわしづかみにするように移動し、抽挿を続ける肉孔を親指で両側に引き広げる。

「ひゃ……！」

肉襞がめくれ、より奥まで尖った雄が挿入り込んできた。

摩擦で熟んだ粘膜に、大神の視線が突き刺さる。見られていると思うと、痛いほどの興奮が湧き上がって熱い息を零した。

千明の中で、大神の雄がどんどん膨れる。絶頂が近い合図だ。大神が高まるのに合わせて、オメガの千明も共鳴して高まっていく。

大神が千明の雄茎を握り込んだ。

「あうっ……！」

一緒に達け、の合図だ。

千明はなにもしなくていい。千明の昂ぶりを熟知している大神の手が、勝手に気持ちよくしてくれる。大神に合わせて達かせてくれる。

千明の内側を、大神の大量の先走りが濡らす。すでに射精されたかのように蜜壺がぐちゅぐちゅ音を立てて、濡れているのは体の中なのに溺れそうだ。

大神が自分の動きに合わせて千明の雄茎を扱く。突かれると同時に根もとからこすり上げられ、快楽が先端に向かって急速に集まった。

「……く……、あ……、いく……っ、オオカミさん……！」

「出すぞ……っ！」

千明が弾けるとともに、奔流のように熱い飛沫が流れ込んでくる。

「はぁ、う……っ、ああああ……！」

ごぶっ、と、まるで排尿されたように肉筒に精液が溢れ、怒張で目いっぱい広げられたぎちぎちの肉襞のすき間から零れ出た。

「ふあ……、あ………」

大神の放ったものが千明の内腿をだらだらと伝い落ちていく感触に、ぶるりと震えた。

キャビネットに肘から下をついて脱力する千明の眼前に、大神が白い体液で汚れる手を見せつける。

大神の手の中に出してしまった。

発情期で敏感になった千明の鼻腔（びこう）は、自身の精さえ官能的に感じる。大神は体をつなげたまま千明の頬を長い舌で舐めた。

「服とシーツはともかく、部屋を汚すわけにいかないだろう？」

そしてそのまま、千明の顔の前にかざした手の汚れを舐め取った。ピンク色の舌遣いがいやらしくて、下腹がきゅうと締まる。

発情期の脳が自分で出した精液も欲しがって、白くまみれる大神の舌を舐めた。

「おいし……」

味なんてほとんどしないのに、なぜか美味しく感じる。夢中で舐め取っているうちに、いつの間にかシャツの前を広げられていた。

快感で硬く尖った小さな胸粒を濡れた指でくりくりと弄られ、大神を咥え込んだ腰が揺れる。もっと欲しくなって自分から尻を押しつけると、手のひらに残った精を首もとから胸にべっとりと塗りつけられた。

「一度抜くぞ」

巨大な逸物がずるずると抜けていく感触に肌が粟立つ。

「あ……、ああ……」

内臓ごと引きずり出されるような感覚が、吐き気にも似た陶酔を連れてくる。ずるりと全部抜けきったとき、口を開いた肉孔からごぷっと熱い体液が溢れ出て膝まで汚した。

「んん……」

襞が痺れてひくひくと動いている。まだ足りないと涎を垂らしながら、口を開けてごちそうを待っている。

「も……っと……」

肩越しに振り向いて涙目で大神を見れば、番の発情に中てられたオオカミは目を細めて舌をひらめかせた。白い牙が濡れ光って、食われる期待にぞくぞくする。

見せつけるようにゆっくりと、大神がスーツを脱いでいく。ネクタイを取り去り、ひとつひとつボタンを外していくごとに、獣毛に覆われたたくましく張り詰めた胸筋が姿を現した。

なんてきれいでかっこいいんだろう。この神々しく美しい獣の子を自分が孕むのだと思ったら、そのためのオメガの器官が腹の奥で激しく蠕動(ぜんどう)した。

「オオカミ、さん……、はやく……」

手を伸ばせば、求められるまま千明の腕を引いた大神の胸の中に閉じ込められ、子どものようになすがままに服を剝がれる。二人とも全裸でベッドに転がり込んだ。

我慢できず、千明から大神を押し倒して口づけを貪る。大神が大きな手で愛しげに千明の髪をかき混ぜた。

「ほし……、ほしい……、すき……」

ほとんど泣きながら大神を欲しがり、仰向けになった大神の雄を後ろ手で探った。

すでに千明の蜜液で濡れそぼったハイブリッドアルファの男根は、一度くらいの射精ではまったく硬さを失わない。へそまできつく反り返った雄を手で起こし、自身の蜜孔に当てた。

欲しがる体に素直に従い、巨大な雄を吞み込んでいく。

「あん……、ん……、んんん………」

一度中に出された淫道は、性急に腰を落としてもすんなりと受け入れる。

欲しい、欲しい、この人の子種が。いちばん奥で、種がつくまで熱いものを浴びせられたい。

本能のまま、自身の奥まで凶悪な肉棒でえぐり抜いた。

「あああぁぁぁぁ――……………っ、っ、っ！」

衝撃でのどを反らし、涙を散らした。

女性の握りこぶしほどもある亀頭球が千明の中に埋まり、尖った亀頭の先端が男性オメガ独特の器官を突き上げる。まぶたの裏に、蛍光色の火花が散った。

受け入れた衝撃で頭がくらくらし、意識が半分飛んだ。本能だけが千明を支配する。

「すき………」

へその裏まで串刺しにされたまま、腰を蠢かせた。

亀頭球まで埋まり込んでしまえば、激しい抽挿はできない。千明の粘膜に包まれた亀頭球がむくむくと体積を増して、抜けないようにぴっちりと蓋をされた。

「おおきい……、あ、きもちい……、あったかい……」

恋しい番とひとつになった、と体が喜んでいる。体も心も満たされていく。

下から手を伸ばした大神に頰を撫でられ、自分からもそっと頰ずりした。愛しくて愛しくて、手のひらにキスをする。

「愛してる、ちー。おまえは世界一の伴侶だ」

胸いっぱいに喜びが満ち溢れた。

誰になにを言われようと、自分の大切な人にそう思ってもらえればいい。

「あいしてる……」

純粋に喜びしか残らない中で、愛しい種を求める本能だけに意識が包まれた。

「く……、ん……」

亀頭の先端で奥をかき混ぜるように、腰を回す。すでに放たれた子種を自分の中にこすりつける行為に没頭する。

「すき……、すき……、オオカミさん……」

もっと出してほしい。何度も濡らして、自分の中をいっぱいにして、大神の匂いだけに染まりたい。

ねだるように腹に力を込め、咥え込んだ怒張の形がわかるほど締めつける。熱い息をついた大神の雄がさらに大きく膨れた。

「いいぞ、ちー。欲しかったらもっと動け」

大きく開いた千明の腿を両手でつかんだ大神が、下から腰を突き上げた。

「ひぁう……っ！」

かすかに残っていた思考が一気に焼き切れる。

「あ、あ、あぁ……、やぁ、もっと……！　もっとして……！　あああぁぁぁ、ああ………っ！」

まるで千明の方が獣のように咆哮しながら、突き上げと同時に夢中で腰を回した。再び溢れ始めた大神の先走りが、大量の精液と蜜液と混じり合って千明の肉筒を埋め尽くし、溺れるほどの快楽を連れてくる。

これだ、この感覚。脳みそが薄紅色の靄で包まれたように熱くて、子種を奪うことしか考えられない。

「オオカミさ……、オオカミさん……っ！」

これが発情期のセックス。子どもを作るためのオメガの本能。

千明自身も快感にまみれながら、快楽に目をぎらつかせる大神の顔をうっとりと眺める。美味しい。気持ちいい。愛してる。種が欲しい――。

千明の頭の中を、それだけがぐるぐると巡る。本能だけで交わるセックスは、なんて気持ちいい。

大神の気持ちよさそうな顔を眺めていたら、千明の唇がもの欲しげに半分開いた。なにかを欲しがるように舌が勝手に蠢く。

「しゃぶるものが欲しいか？」

そうだ、なにかしゃぶりたい。本当は大神の雄を舌でも味わいたい。

「ほら」

大神が手を伸ばし、整えた爪で千明の唇をつついた。唇に体温を感じたら、それを舐めたくてたまらなくなった。

「は、ぁ……」

両手で大神の手を持ち、いちばん長い指を咥えた。短い獣毛が、人間の形の指なのに獣らしくて興奮する。

大神が人間だと知っているのに、目を閉じれば獣と交わっているような背徳感が背筋を駆け上がる。大神が快感でぐるぐるとのどを鳴らす音が、余計に昂ぶりに拍車をかけた。

もっともっといやらしくして、オオカミの興奮を高めたい。そして思いきり食べ尽くされたい。

「たべて……」

男根にするように、指の側面を舌先でなぞり、深く呑み込んで舌全体で包み込んだ。唇で扱きながら吸引し、うっとりしながら味わう。

大神が人差し指も千明の口に潜り込ませてくる。舌の表面を撫でられると気持ちよくて、ため息が漏れた。

「ん……」

上も下も大神で埋まって気持ちいい。二本の指は形的に舐めにくいけれど、それが逆に千明を夢中にさせる。

自ら腰を振りながら大神の指をしゃぶった。大神がもう一方の手で千明の腹を撫で回し、触ってほしそうに尖る胸芽をつまみ上げた。

「んぅっ……！」

上下からきゅっきゅっと潰されると、じんじんする快感が腰に滑り落ちる。よすぎて涙を零しながら、白い腹を波打たせて腰をくねらせた。大神も快感で目をすがめる。

「いやらしいな……。普段のおまえからは想像できん。最高だ」

耐えられないほど大神の熱が恋しくなって、ぎゅうっと雄を締めつけた。

「あかちゃん……、オオカミさんのあかちゃん、ほしいっ……！」

ねだる気持ちが高じて、思わず指に噛みついた。

大神の興奮が盛り上がり、千明の手を振りほどく。

「あ……っ！」

ぐるん、と視界が回転したかと思うと、大神に組み敷かれていた。大きな獣に犯されたまま見下ろされ、千明の心臓に痛いほど血が流れ込む。

食われる……、これから、孕むまで種を注がれる……。

大神は期待に頰を上気させる千明の脚を担ぎ上げ、筋肉で盛り上がった肩にかけさせる。種つけの形だ、と思った。

「やっと遅いクリスマスプレゼントをやれる」

抱きしめられると、膝が胸につくほど体を折り曲げられて苦しいのに、幸せに包まれた。

千明も腕を伸ばして大神を抱きしめ、温かな三角の耳に口づける。

「あいしてる、おれのオオカミさん……」

唇で耳に触れたまま囁けば、大神の全身に力がこもった。

「ああ……っ」

ぐうう……っ、と千明の中でさらに大神の雄茎が大きく膨らむ。痛いほど大きく引き伸ばされた肉襞が、それでも大神を離すまいと収縮する。

抱きしめられたまま突き上げが始まり、千明の唇から悲鳴が迸った。

揺さぶられて、腹の中にオオカミの種が溜まっていく。

「あああああああ……っ！　あーーーーっ、あ……、やあああぁぁぁ………っ、！」

オオカミと同じ性質を持つ、発情期のハイブリッドアルファのセックスだ。何度も射精し、確実な種つけのために番の体内に大量の精を注ぎ込む。

ぶしゃぶしゃと腹の奥を濡らされる感覚に、めまいがするほどの絶頂を味わう。

「ひ、ぁ……、ああ、あああ………」

こすられている淫孔が熱くて、自分が射精したことすら気づかなかった。

色悪そのものの笑みを浮かべた大神が、千明の放った白濁を硬くなった薄桃色の尖りに塗りつけた。

「まだこれからだ。いくらでもつき合うぞ」

自分の唇も、笑いの形につり上がっているのがわかる。この人の子を確実に身ごもる。なんて幸せなんだろう。

千明の表情に、大神が獣のように全身をぶるりと震わせた。

「あいしてる……。もっとちょうだい……」

大神の腰に脚を絡めて引き寄せた千明に、激しいキスが雨のように降り注いだ。まぶたに、頬に、鼻に、唇に、愛を受け止めて幸せにたゆたいながら快楽に溺れた。

「愛してる、ちー。愛してる……！」

互いに愛の言葉を繰り返しながら、気を失うまで抱き合い続けた。

*

ダイニングテーブルの上に、ジュースやポテトチップス、チョコレートがところ狭しと並んでいる。

「美羽、受験おつかれさま〜！」

軽い朝食後に美羽を囲んで、みんなでジュースで乾杯した。

幼稚園の受験が終わった週の土曜日。この週末は以前から予定していたスーパーアニメデーのために、お菓子や飲みものをいろいろ用意した。ちょっとだけ非日常感を味わうべく、大神家ではめったに買わない、炭酸飲料やコンビニのホットスナックまで。

受験のために我慢していたアニメだけでなく、食べもののあれこれも週末でガッツリ楽しむ予定である。

今日のお昼はホットプレートで牛肉、ニンニク、白米を醤油(しょうゆ)ベースのステーキソースとバターで豪快に焼くビーフガーリックライスの予定だ。彩りには子どもの大好きなコーンをたっぷりと。土曜なら翌日の臭いも気にしなくていい。

明日のお昼は久しぶりにお子さまランチ風プレートを作ってあげようと、ポテトやエビフライを準備してある。

(やっぱりこんな日常が好きだなぁ)

子どもたちの楽しそうな顔を見ながら、千明はやっと発情が抜けて軽くなった体をダイニングの椅子の背に預けた。

面接中に発情してしまってから五日間。徐々に発情は引き、昨夜は大神の腕の中でも健やかに眠れた。

リビングでポニー型のピニャータを準備していた大神が、千明に声をかける。

「この位置でいいか?」

「いいと思います。床の上なら、なにか散らばっても掃除しやすいですし」

ピニャータとは、メキシコ発祥のパーティーゲームである。受験お疲れさまの意味を込めて、アメリカにいるゆきが手配して送ってくれた。

紙で作られた張りぼての人形の中にお菓子やおもちゃが入っていて、目隠しをした子どもたちが順番に棒で叩いて人形を割って中身を取り出すという、日本で言えばくす玉とスイカ割りを足したようなゲームらしい。

形もいろいろで、虫や花や動物、またハロウィンにおばけの形で作ったり、誕生日にケーキの形で作ったりするのだとか。

木に吊るすのが一般的だと聞いたが、ゆきが送ってくれたピニャータは本物のポニーかと大神がツッコミを入れたほど大きくて、とても木に吊るせない。

なので、大神がリビングのローテーブルとラグをずらして、真ん中に置いた。虹色に塗られたポニー型ピニャータは、めちゃくちゃ存在感がある。こういうものに、子どもはテンションが上がる。

突然リビングに現れた巨大な物体に、クーは最初遠巻きで眺めていたが、興味を隠せずちょっとずつ近づいてきてふんふんと匂いを嗅いだ。ちょんちょんと、爪でピニャータの脚を引っかいている。

「ゆきさんたちが家にいるくらいの時間に、オンラインで通話しながら割ろうか」

時差を考えると、昼過ぎくらいがちょうどいいだろう。

リビングに寝転がってテレビが見られるよう、ピニャータの足もとにクッションを置いたりして子どもたちは楽しそうだ。

「どれから見よっか」

純がテレビの録画リストを表示した。二ヶ月分、大好きなアニメがある。子どもたちのワクワクが手に取るように伝わってきた。

中でも一緒にそわそわした顔をした亮太と美羽が、声を合わせて、

「かいとうモフリーナ！」

と言ったので、純と蓮はやっぱりなと笑いながらボタンを押した。

モフリーナは、普段は真っ白でふわふわな毛をした仔イヌの女の子を擬人化したキャラクター。普段は赤いスカートだが、怪盗シーンになるとフリルのついた黒い怪盗服に着替え、泥棒ネコちゃんの黒いアイマスクをつける。

イヌなのにネコのアイマスクというのもウケていて、ネコちゃんアイマスクは大人にも人気のコスプレグッズになっている。

相棒は茶色いキツネの男の子。探偵と偽って警察とともにモフリーナを追うふりをして、実は彼女を逃がすブレーンという役どころ。

探偵らしく帽子を被って、ホームズのようなケープつきコートを着ている。ちょっと亮

太に似ているので、モフリーナごっこをするときは、亮太はいつもこの探偵役だ。本人も気に入っている。

アニメを見ながら、モフリーナが怪盗服に着替えて決めポーズを取るシーンでは、美羽と亮太が一緒にポーズを取る。可愛いので大神がぱしゃぱしゃと写真を撮って、「シャッター音がうるさい！」と子どもたちに叱られる一幕もあった。

たっぷり二ヶ月分、モフリーナを見終わったところでちょうど昼食の時間になった。ローテーブルの上にホットプレートを置き、もくもくと湯気を立てながらビーフガーリックライスを作る。

紙皿と紙コップで、床の上に座って食べると、家の中でもピクニック気分で楽しい。

「おいしいね」

お菓子とジュースであまりお腹が空いていない人もいるので、これなら自分で食べる量を調節できる。いつもならお菓子のせいでご飯が食べられないと言ったら怒られるところだが、今日は特別だ。だってスーパーアニメデーだから。

「次はなに見ようか？」

純が尋ねると、美羽は「ちょっとだけ、さんりんしゃしたい」と言った。あまり続けてテレビを見るのも疲れるものだから、少し体を動かしたいのだろう。

「ぼくもリフティングしよっかな」

サッカー少年の蓮が言い、子どもたちは庭に出る。美羽の三輪車を純が押してやり、蓮は亮太にサッカーのパスを教えている。

庭から聞こえる子どもたちの楽しそうな声を聞きながらホットプレートを洗っている千明のところへ、神妙な顔をした大神が一通の封筒を持ってやってきた。

「合否通知だ」

差し出された封筒を見て、千明の胸がどきっと鳴る。

しらとり学園付属幼稚園の名前が入ったクリーム色の封筒は、外からでは合否がわからない。大神と目を見合わせ、ごくりと唾を飲んだ。

合否が今日届くことは知っていたので、実は朝から少し落ち着かなかった。スーパーアニメデーの準備をすることで気を紛らわせていたが、封筒を目の前にすると急に緊張が高まってくる。

「奈津彦さん、開けてください」

自分で開ける勇気がない。

大神が封筒を開け、通知を見る瞬間にはぎゅっと心臓が痛くなった。

「……………不合格だ」

聞いた瞬間、足もとに穴が開いてずん、と下半身が落ちたような気がした。一気に血が下がって背筋が冷え、徐々に落胆と罪悪感が這い上がってくる。

本音を言えば、自分のせいでほとんどダメだろうと覚悟はしていた。けれど美羽はよくできたから、もしかして受かっているのではないか……。そんな期待があったのは否めない。

いや、自分で思うよりずっと期待していたのだ。だって美羽はどのテストも面接もよくできていた。親の欲目を差し引いてもそう思う。だから自分で想像したよりもショックを受けている。

「……そっか。おれのせいですよね……」

自分のせいで。

心臓が痛くて、床に視線を落として胸に手を当てた。美羽になんて謝ればいいのだろう。

大神は荒々しい仕草で千明の顎を取り、上を向かせる。涙の滲み始めた千明の目に、大神の怒った顔が映った。

「そういう言い方は、俺は嫌いだ」

「奈津彦さん……」

「いついかなるときでもアクシデントはつきものだ。オメガの発情なんて体調管理の問題ですらない。それをどう判断するかはあちらの勝手だが、こちらが卑屈になることじゃない。俺たちとは合わなかった、ただそれだけだ」

理屈ではわかっている。けれど。

「でも……、美羽が行きたかった幼稚園なのに……」

自分があのタイミングで発情さえしなければと、どうしても思ってしまう。自分のことなら顎を上げて自分は悪くないと言えるが、子どもの希望を奪って落ち込まない親がいるだろうか。

「俺もおまえも含めての美羽だ。全員で〝家族〟として判断された。おまえのせいというなら、おまえを伴侶に選んだ俺のせいでもある。俺が悪いというなら、いくらでも悪態をつけ」

「そんな……」

あなたがおれなんか選んだせいで、とでも言えというのだろうか。八つ当たりにもほどがある。

困ってしまった千明に、大神はふっと表情を弛めた。

「それに、見たろう。今日の子どもたちの楽しそうな様子を。卒園までずっとアニメを我慢させるのか？　美羽の方が嫌になってしまうんじゃないか？　美羽は可愛い制服が着たかっただけだ。なんなら俺が山ほど可愛い服を買ってやる。ちーにもお揃いで可愛い服を買ってやる。いや、そうなると半分は俺の趣味だが」

大神が両手に抱えきれないほどの可愛い服を買ってウホウホしている様子を想像したら、つい噴き出してしまった。

「奈津彦さんの言う可愛い服ってどんなのです？」

「んー、メイドさんとか？」

「コスプレじゃないですか！」

自分が着るのは抵抗があるが、美羽なら可愛いだろう。

笑った千明を見て、大神もほほ笑んだ。

「ちーは笑っているのがいちばん可愛い。コスプレじゃなくてもな」

コスプレさせる気満々に聞こえて、また笑ってしまった。

大神は愛しげに千明の頬を両手で包み、鼻先にキスをした。

「両親が仲よくして、笑っているのが子どもにはいちばんだ。落ち込んだ顔なんか見せても、子どもは気を遣うだけだぞ。不合格で美羽が悲しい顔をしたら、俺たちで気分を盛り上げてやらなきゃ」

「そうですね」

自分も、母が落ち込んでいると悲しかった。子どもながらに気を遣った。授業参観や運動会にどうしても仕事の都合が合わずに来られないとき、ごめんねと悲しい顔で謝られるより、次は行くねと笑ってくれた方が嬉しかった。

終わってしまったことで落ち込むより、次を考えて楽しい気持ちになろう。

「あ」

デニムのバックポケットに入れている携帯が鳴り、メッセージの着信を知らせる。開いてみると、花音の母、奈々子からだった。

『花音、合格でした。いろいろとありがとうございました。美羽さんはいかがでしたか？』

読んで、素直に花音が合格してよかったと思った。

「花音ちゃん、合格ですって」

「それはよかったな」

うん、とうなずき、おめでとうと返信をした。美羽は不合格だったが、いい経験だったし楽しかった、これからも遊んでほしいと添えて。

メッセージを送ったところで、子どもたちが庭から戻ってきた。

「のどかわいたー！」

「ジュースジュース！」

とたとたと足音を鳴らす子どもたちに、

「ジュース飲む前に手を洗って」

声をかければ、きゃいきゃいと騒ぎながら洗面所に向かう。楽しそうでなによりだ。

みんながジュースを飲みながら、純が提案した。

「美羽がお昼寝する前に、ピニャータ開けない？」

美羽はお昼ご飯のあと少しすると、いつも一時間ほどお昼寝をする。起きるとおやつ、というサイクルである。

「そうだね、今くらいの時間がちょうどいいかも」

ゆきたちは夕食を済ませた頃合いだろうか。

連絡をしてからオンライン通話をつなぐと、画面の向こうに仲のよさげなアレックス一家が映った。

アレックスとゆきの間に、恐竜デザインのベビー服を着たキラがご機嫌で笑っている。いつ見ても天使のように可愛らしい。

「ゆきちゃん、ピニャータありがとー」

美羽が背後のピニャータを指さしながら言うと、ゆきは明るく笑った。

『家の中にあると存在感あるわね』

画面越しに見ると、子どもたちの背後に大きな虹色のポニーが見えるだろう。大神がこっそりと「デカすぎだ」と呟いたのは、ゆきには聞こえなかったと思う。聞こえても気にしないだろうが。

『美羽ちゃん、受験お疲れさま。ね、今日合否発表でしょ。もう通知届いた？』

ぴきーん！　と、全員の間に緊張した空気が流れた。

いつ美羽に伝えようか、お昼寝のあとくらいがいいだろうか、それとも一日楽しい気分で過ごして夜の方がいいだろうかと、迷っていた。

しかし話が出てしまったのなら、今がいいタイミングかもしれない。

美羽に期待のまなざしで見られ、あらためて胸が痛む。大神が平静を装って、なんでもない顔をしながら答えた。

「残念ながら不合格だった」

「えーっ！」

子どもたちからブーイングが上がる。

「なんだよ、美羽落とすなんて見る目ない幼稚園！」

「みうちゃ、いちばんいい子なのにね」

「美羽、気にすんな。近くの友達と同じ幼稚園、楽しいぞ」

口々に慰められ、美羽はぽかんと口を開いたまま兄たちを眺めた。よくわからないらしい。

千明は美羽の前にしゃがみ込み、小さな両手を取った。

「しらとりには行けないってことだよ。けど、近くの幼稚園でいっぱいお友達作ろうね。美羽、よく頑張りました」

じわじわと意味がわかったらしい美羽は、眉を八の字に寄せた。

「かわいいせいふく、きられないの？」

やっぱりそこか。

大神が美羽を抱き上げ、高い高いをするようにぶわっと宙に浮かせてくるくる回った。

「ひゃっ！　きゃははははっ」

美羽が笑い、大神が愛娘を抱きしめて頰ずりする。

「しらとりの制服がなんだ！　パパがもっと可愛い服をいっぱい買ってやる！　プリンセスごっこするぞ！」

「ほんとっ？　パパもプリンセスになる？」

想像して、全員が笑った。

男性のプリンセス姿もたまにネットで見かけるが、大柄なハイブリッドアルファのプリンセスはレアに違いない。

「パパは……、まあ、キングかプリンスくらいで勘弁してくれ」

大神が半笑いでごまかしたところで、ゆきが画面の向こうから景気のいい声を出した。

『よーし、厄落としにみんなでピニャータ割ってよ！　悔しい気持ちがあったら、思いきりぶつけて叩いちゃって！』

子どもたちが、おー！　と拳を上げる。

本当は目隠しをして叩くのだが、複数で叩くときは周りが見えないと危ないので、目隠しはしない。亮太がおもちゃのプラスチックバット、美羽が布団たたきを持ち、純と蓮がそれぞれ後ろで一緒に持ち手を支えた。特に美羽は一人では上手に叩けないから。

「ポニーの真ん中辺りを叩くんだぞ」

大神が言うと、亮太がもじもじとしながら上目遣いに尋ねた。

「ポニーちゃん、たたいたら痛くなっちゃわない……?」

あ、やさしい。

壊すために作った人形にすら心を寄り添わせる亮太のやさしさに嬉しくなった。このまま育ってほしいと思う。

大神がしゃがみ込み、亮太の頭を撫でた。

「ピニャータは、悪魔が可愛い姿に化けたものだと言われている。叩いて悪魔を追い出すことで、みんなが守られるんだ。正義の味方だぞ、できるか?」

亮太はハッと目を見開いた。亮太が好きなアニメでも、悪魔退治のものがある。小学生の男の子が主人公で、退魔グッズで悪魔に取りつかれた人を叩いて祓(はら)うというもので、録り溜めたアニメの中にもあるはずだ。

「あくま、追い出す!」

きりっとした顔を作った亮太が、可愛らしくバットを構えた。亮太を背後から支えた純が、「行くぞ!」とかけ声をかけた。

わーっ! と声を上げた子どもたちが、力いっぱいピニャータを叩く。

「出ていけ、悪魔め！」

「みんなを守るぞ！」

子どもたちが叩くたび、ポニーが揺れて跳ねる。クーが目を丸くしてそれを見ている。

少しずつ胴体に切れ目が入ってきた。

「あと少しだ！　美羽、亮太、行けーっ！」

「悪魔を追い出せ！」

応援を受け、美羽と亮太の腕に力がこもる。

ピニャータがぱかっと割れた瞬間には、歓声が上がった。

「やったぁぁ！」

「悪魔を追い出したぞ！」

そして。

「あっ！　かいとうモフリーナのおようふく！」

中から出てきたものに、美羽と亮太が飛びついた。

ピニャータからは、色とりどりのキャンディやチョコレートと一緒に、美羽のサイズに合った怪盗モフリーナの怪盗服と、亮太のサイズの探偵服が転がり出た。純には日本でも大人気で数量限定で発売された外国製のスニーカー、蓮には有名サッカー選手のサイン入りサッカーボールが入っていた。

「うそーっ！　サインボール！」

「うわ、これ絶対手に入らないと思ってたスニーカー。欲しかったんだ。ママ、アレックスさん、ありがとう！」

　純と蓮も頬を紅潮させて喜んでいる。

　子どもたちは画面に飛びついて口々にゆきとアレックスに礼を言った。アレックスが華やかな笑顔で、自分の家族を抱き寄せた。

『そんなに喜んでもらえると、ゆきと一緒に考えた甲斐がありますね。美羽ちゃん、受験お疲れさまでした。お兄ちゃんたちも協力して頑張ったね。ぼくたちも仲のいい家族を目指しているので、お手本になります』

　アレックスたちも充分仲のいい家族に見える。でもそう言ってもらえると嬉しい。

「みう、モフリーナのおようふくきる！」

『きっと似合うわよ。早く着てみせて』

　ゆきに言われ、美羽は満面の笑みでうなずいた。

　美羽にとってはしらとり学園付属幼稚園の制服より、こっちの方が嬉しいに違いない。きっと合格のときに祝いになるのはもちろん、美羽が不合格でも落ち込まないよう、いろいろ考えてくれたのだろう。心遣いに感謝する。

「ママ、はやく！」

テンションの上がった美羽が、服を脱がせてくれとバンザイのポーズをする。

「こら美羽、アレックスさんの前で裸ん坊になるつもりか!」

大神がカッと目と口を開いたので、思わず笑ってしまった。三歳児の裸なんて見てもアレックスはなんとも思わないだろうが、父親心理か。

「じゃあソファの陰で着替えさせます」

亮太の衣装も一緒に持って立ち上がる。

ソファの後ろに移動しているときに、背後で大神が「心遣いをありがとう」とアレックスたちに言っているのが聞こえた。自分たちも、アレックスたちになにかあったら力になろう。

離れていても家族が増えていくような気持ちになれるのが心地よい。受験は大変だったけれど、また家族の絆(きずな)が深まったなと、千明はモフリーナの衣装を広げながら思った。

アリスちゃんはキュートでセクシー

受験に落ちた幼稚園の制服の代わりに、可愛い服を山ほど買ってやる。

愛娘とそんな約束をして、大神は美羽と千明を連れてショッピングモールに買いものに来た。ついでに兄たちの冬服も買おうと、純、蓮、亮太も一緒である。

子どもの成長は早いので、去年の服はサイズ的にもう着られない。蓮、亮太はお下がりもあるにはあるが、男の子の服は傷みやすいから、シーズンごとに買い足す。

子ども服専門店からファミリーで揃えられる店まであちこち見て回る。

「パパ、これかわいい！」

美羽が指差すたび、いちいち足を止めた。

キャラクターもののピンクのパーカー、ミリタリー調のカモフラジャケット、鯉のぼりみたいなカラフルなフリルスカート。

どうせ買うなら、冬ものは美羽が気に入ったもので揃えよう。

「よかったね、美羽。パパにありがとうしないと」

千明が言えば、歩き疲れて大神に抱っこされた美羽は、首に腕を回してぎゅっと抱きしめてきた。

「パパ、ありがとー！　だいすき！」

お礼にプラスして、大好きつきである。デレデレしないわけがない。なんなら店中全部買い占めたいほどだ。

と思った自分の心は千明に見透かされたらしく、若干たしなめるような目で見られた。

「あー……、ところでちーは欲しい服はないのか」

浮かれすぎた心を抑え、平静を装ってみる。純、蓮、亮太もそれぞれ好きな服を選んでいるのに、千明は荷物を持って歩いているだけだ。

ちなみに自分はほとんど和服だし尻尾用の穴を特注しなければならないので、ぶらりと入った店で買うことはほとんどない。

千明は控えめに笑って手を振った。

「おれは特に……。去年買ってもらったコートもありますし、サイズぜんぜん変わってないんで普段着には困っていません」

なんて謙虚なんだ！

そんなふうに言われると、逆に買ってあげたくなる。これはオヤジ心理か。

女性だったら、普段着とは別に、お出かけに使える華やいだワンピースや装飾品もいいだろう。だが男性はそこまでバリエーションがなくても済んでしまう。

千明はドレスコードのある場所に出かけることはあまりないし、服にこだわりもない。

しかし面接用のスーツは新鮮だった。いや、変な意味でなく。けれどいつもと違う服を着た千明も見てみたい。

スーツでのエッチは燃えたが、そういう意味でなくても千明にはどんな服も似合いそうだから。

例えば浴衣だって構わない。色気と風情があっていい。色気といえばチャイナドレス。千明の黒髪には赤いチャイナが映えそうだ……と思考がどんどん脱線する。

別段女装に興味はないが、きっと千明ならなにを着ても可愛い。ちょっと……、ちょっとだけ見てみたいと思った心を押し込めて言う。

「服じゃなくても、なにか欲しいものがあったら買っていいんだぞ」

千明は嬉しそうにほほ笑んだ。

「ありがとうございます。気持ちだけで充分です。でも欲しいものがあったら言いますね」

きゅん、ときた。

俺の番は、本当に可愛くて困る。人前じゃ抱きしめられないじゃないか。

たくさん買いものをし、ランチを取って車に戻ろうと広場を通りかかったとき。

「あ、なんかやってる」

蓮が広場の中央を見て言った。

このショッピングモールは円形の建物の真ん中が吹き抜けの広場になっており、様々な催しものをしている。

舞台を作ってライブや戦隊ショーをしていたり、フリーマーケットやバザーもある。今日は上から吊るした縄に横断幕がかかり、「鬼ごっこ」と書いてあった。

「鬼ごっこ？」

子どもたちが興味を示したので近づいてみれば、突然係のお兄さんに声をかけられた。

「そこの大っきいお父さん！　よかったら鬼ごっこ参加しませんか！」

大神は驚いて、自分の鼻先を指差す。

「うちですか？」

「そう！　今エントリー受付中！　もうすぐ試合始まりますよ」

お兄さんは明るい声で誘った。二メートル近くある大神は目立つし、ハイブリッドアルファは身体能力が高いから、イベントが盛り上がると思ったのだろう。

即席の壁に貼ったルールを見ると、どうやら参加は家族単位。鬼ごっこといってもバラバラに追いかけるものではなく、チームに分かれてゲームするものらしい。

まず家族の中で鬼役を一人決める。残りの家族が逃げ役になり、前の人の肩に手を置いて縦一列に並ぶ。

鬼が別家族の逃げ役のいちばん後ろの人にタッチできればゲーム終了。

だが逃げ役のいちばん前の人が両手を広げてディフェンダーとなり、列が離れないよう左右に動いて逃げ回ることもできる。

鬼はディフェンダーに触れられるか、逃げ役の列が離れるか、いちばん後ろの人が鬼にタッチされれば負けになる。鬼と逃げ役に分かれる騎馬戦みたいなものか、と思った。

最後まで残ったチームが優勝。家族は最低四人から参加オーケーとなっている。

商品を見ていた美羽が、ときめいた声を上げた。

「あのおようふく、かわいい！」

見れば、優勝チームから順に好きに選べる商品の中に、不思議の国のアリスと思しきブルーのエプロンドレスの衣装がある。どうやらハロウィンコスチュームらしい。しかも母子ペアになっている。

「パパ、あれほしい！」

愛娘にねだられては、獲ってやらぬわけにはいかないだろう。

かくて、家族で鬼ごっこに参加することになった。

もちろん攻撃側の鬼は自分。守り役は千明を先頭に、純、蓮、亮太が縦に並ぶ。先頭のディフェンダーが小さいと鬼が攻撃しやすいので、これは妥当な並びである。大神がディフェンダーになってもいいのだが、単純に後ろの人間が肩に手を置きにくい身長差があるのでこの形にした。

「大っきいお父さんにはさすがにハンデが必要でしょ」

とお兄さんに言われ、美羽を肩車した。ただでさえ和服で動きにくいのに、これは結構なハンデである。

しかしこんなことで怯(ひる)む自分ではない。

「パパ、かてる?」

頭上からわくわくした声で尋ねる美羽に、自信を持ってうなずいた。

「任せとけ。パパが可愛いお洋服を獲ってやる。いいか美羽、しっかりパパのおでこに手を回してしがみついてるんだぞ。足にもぎゅっと力を入れて。……いや、目は隠すな」

大神の両目をぎゅっと隠した美羽の小さな手を外し、頭を抱えさせた。

ゲーム開始直前、美羽にだけ聞こえる声でこそっと囁(ささや)く。

「ジャンプするからな」

美羽の手足に力がこもる。大神も、両手で美羽の両脚をしっかりとつかんだ。

ゲーム開始の笛が鳴ると同時に、鬼役が一斉に飛び出す。ほとんどはお父さん、もしくは機敏な長男長女だ。

弱そうなところから狙う。勝負の鉄則だが、ハイブリッドアルファかつ大神家の主(あるじ)たるもの、家族の前で姑息(こそく)な真似(まね)はできない。

いちばん大柄なお父さんがディフェンダーにいる家族目がけ、まっしぐらに走り出した。

「オオカミ、行けーっ!」

観客から声が上がる。やはりハイブリッドアルファは目立つ。

注目されているのを感じながら、大神をつかまえにきた別のディフェンダーの腕を華麗に避け、まずはひと組、撃破する。

走り寄る大神に正面から対峙したディフェンダーのお父さんが、広げた両腕を千手観音のように素早く上下に動かし、大神の攻撃を妨害する。大神は力強く地を蹴り——。

「おおおおおーーーーっ！」

周囲がどよめいた。

大神をつかみに来たディフェンダーの頭上を飛び越え、着地とともに守り役のいちばん後ろの男の子の背を後ろ手にタッチした。地に膝がつかんばかりの姿勢のままタッチしたその姿は、「またつまらぬものを断ってしまった」とでも言いたくなる気分だ。和服なだけに。

観客の声援を受け、その後も見事に次々と各チームを撃破していく……予定だったのだが、千明たちが早々に別の鬼にタッチされてしまったので、そこで終了となった。

「でも、結局欲しいものもらえてよかったですね」

千明に言われ、ああ、とうなずいた。

優勝チームから好きな商品を選んでいった結果、美羽の欲しがった母子ペアのコスチュームが手に入った。ちょうどハロウィンが過ぎたところだったのも幸いしたのだろう。

「じゃあもう、これ脱いでいいですよね」

千明は照れた顔で、エプロンのひもに手をかけた。

ママも着てと美羽にねだられ、二人お揃いでコスチュームを着ることになった。美羽は大満足で大はしゃぎし、電池が切れたようにお昼寝してしまった。買いものと鬼ごっこで疲れた亮太も一緒に眠ってしまい、元気な純と蓮は友達の家に遊びに行っている。

「ちょっと待った！」

エプロンを外そうとした千明の手を、むんずとつかんで止める。

だって……、だってなぁ。

女装に興味はないが、千明となれば話は別である。なんと言っても似合う。可愛い。しかもこの先、こんな服を着る機会などなかなかないだろう。

となれば……。

「もう少しだけ、おまえの可愛い姿を見ていたい」

囁くと、千明は目に見えて頬を染めた。

「さっきいっぱい写真だって撮ったじゃないですか。あれ、絶対他の人には見せないでくださいね」

美羽がお揃いで着たコスチュームで写真を撮りたがり、大神の写真フォルダに大量のツーショットが保存された。

「あんなに可愛いのに？　俺は年賀状の写真にしてもいいくらいだぞ」

「やめてください！」

大神の肩をぽこぽこと叩いて反対する千明が可愛くて、腕を引き寄せて胸に閉じ込め、髪にキスをした。

「……奈津彦さん、こういう格好好きなんですか？」

「特別興味があるわけじゃないが、ちーが着てることに意味がある」

腕の中の千明がもぞりと動いた。耳たぶまで赤くなっているのが見える。小さな声で、咎めるように言う。

「いつもそう……」

「なんだ？」

「なんでもないです」

愛しい番は、大神の望むことなら叶えてくれようとする。だからさらに愛しくなって、より無茶を言いたくなるのだ。

千明を壁際に立たせ、少し離れて全身を見た。女性にしては少し背が高いが、そのせいでモデルのようにすらっとして見える。

「可愛い」

言うと、千明は赤くなって視線を逸らした。

「少しだけ、スカートを持ち上げてみてくれ」

スカートの醍醐味は、めくるというところにある。隠されているようで、ちょっと持ち上げれば見えてしまう無防備さが男心をそそる。

千明はそろそろと、青いスカートのすそをつまんで持ち上げた。

白いペチコートと白いソックスの間にチラ見えする腿に、萌えを直撃される。

「……凶悪だな」

色っぽ可愛すぎる！

ぐう、とのど奥でうなると、千明の足もとに膝をついた。

「な、奈津彦さん、もういいでしょう……？」

慌てて大神の頭を押しやろうとする手をものともせず、腿に手を這わせた。上にたどっていくと、白いブリーフに触れる。

スカートの下にブリーフ。ミスマッチ感が背徳的で、急激に情欲が盛り上がった。

「や……、あっ！」

スカートに頭を潜り込ませ、下着の上からべろりと陰茎を舐めた。

布越しに、千明の雄が張りを強くしたのがわかる。

「あん……、あ、奈津彦さ……、待って……。こんなの着たままじゃ恥ずかしい……」

千明の訴えに耳を貸さず、すぐに育っていく陰茎を布の上から甘噛みし、舐め上げた。

震える腿から尻に手を移動し、丸みを撫でる。甘い香りがしている。

「あ……」

下着を下ろすと、内側に甘い蜜液が糸を引いた。

「すっかりその気になっているじゃないか」

薄く笑うと、千明は泣きそうな声で「いじわる……」と呟く。

意地悪をするつもりはないが、好きな子を虐めたくなってしまう子どもっぽい心理なのだろうか。

泣きながら自分にすがってくる姿が見たくなって、立ち上がると千明の背を壁に押しつけた。

「え……、あ……」

片脚を持ち上げ、自身の体を押しつける。

「や、待って、せめてベッドに……、あ……、あ、あ、あああぁ……っ!」

ぐうっ！　と雄を蜜孔に押し込んだ。

身長差もあって、千明はほとんど片足のつま先だけが床に着く程度だ。自然、体を支えるために大神にしがみつく形になる。

「あ……、ん……、ん、あ……、なつ、ひこ、さ……」

突き上げに合わせて、ワンストラップの黒いパンプスに引っかかった白いブリーフが揺れるのがいやらしくて興奮を煽る。千明も興奮しているのが、強い誘惑香の匂いで知れる。

「だめ……、だめ、おれ、もう……、いく、からっ……、ふく、よごしたくない……！」

千明の性格的に、コスチュームを汚すのはとても嫌な気分になるだろう。

大神は荒い息をつきながら、千明を反転させて壁を向かせた。

「自分でスカートを持て」

千明は興奮で目を潤ませながら、両手でスカートをたくし上げる。頬を壁に押しつけたまま取るそのポーズは、犯されているようにも欲しがっているようにも見える。

「あ……！」

千明の中で、大神の情欲がいっそう猛り立つ。

腰を反らせた千明の雄の先端を手で包み、激しく打ちつけた。

「あんっ、ああっ！　ああああぁぁぁ、っ、ああ……！　や、も、もぅ……、いく……っ！」

「出していいぞ……っ」

腰奥を尖った亀頭の先端でぐるりとかき混ぜると、大神の手の中で千明の熱が弾けた。

「は……、あぁ……！」

千明の精を手で受け止め、ゆっくりと男根を引き抜いていく。

「ん……」

ずるり、と抜けた大神の雄は、まだ達する前で天を衝いたままびくびくと震えている。

千明は涙目で振り向いた。

「奈津彦さん、まだ……」

「俺はいい。辛い体勢でさせてしまったな」

千明はふるっと頭を振ると、小さな声で恥ずかしそうに言う。

「……きもちよかった」

びん！　と大神の雄がさらに角度を上げた。おい、煽るな。せっかく最後くらい紳士的に妻の体を労って終わろうと思っていたのに！

千明は床に手をついてぺたりと座ったまま壮絶に色っぽい瞳で大神を見上げ、甘えるように首を傾げた。

「でも……、続きはベッドがいい」

たまらん。

非日常的な服を着たままするのもいいが、やはり自分の手で服を脱がせていくのは男の楽しみだ。

子どもたちがお昼寝から覚めるまでに手放してやれるかなと若干不安になりながら、大神は可愛い妻をベッドに連れていった。

あとがき

こんにちは。かわい恋です。

このたびは『オオカミパパの幸せ家族計画』をお手に取ってくださり、ありがとうございました。こちらは『オオカミパパに溺愛されています』『オオカミパパとおうちごはんで子育て中』に続き、シリーズ三作目になります。

たくさんの応援をいただき、またまた続編を書かせていただくことができました。まずは読者の皆さまに深くお礼申し上げます。いつもありがとうございます。もし前作、前々作を未読の方がいらっしゃいましたら、そちらからお読みくださいませ。

さて、今作はパパとちーの愛娘、美羽が幼稚園お受験です。子どもの成長は早い！と現実でもびっくりしますが、前作からすでに二年経過しているので、美羽も三歳です。前作で「美羽ちゃんの成長をもっと見たかった」というお声をくださった方も、今回はたくさん見ていただけるのではないでしょうか。三兄弟の純、蓮、亮太もそれぞれ大きくなりました。頼れる彼らは、ザ・おにいちゃんズという感じです。

子どもたちはもちろん、オメガということで卑屈になりがちだったちーの成長ぶりも見ていただけたらなと思います。

一作目については、にかわ柚生先生によってとんでもなく可愛くコミカライズしていただき、紙書籍でも電子でも絶賛発売中です。おうちごはんも現在電子で配信中ですので、ぜひ併せてお楽しみいただければ嬉しいです。

榊空也先生、今作も素晴らしいイラストをありがとうございました。表紙イラストラフ、どちらも可愛くて迷いに迷いました。しかし決定打はちーの幸せそうな表情です。巻を重ねるごとに幸せそうになっていく二人と家族、本当に素敵です。

担当さま、今作でも大変お世話になりました。個人的にとても筆の進みの遅い時期でご迷惑をおかけしたにもかかわらず、根気強く待ってくださり、大変感謝しております。このご恩は忘れません。いつか恩返しできるよう、これからも頑張ります。

そして読者さま、何度でもお礼申し上げます。次作でもお会いできますように。

かわい恋

Twitter:@kawaiko_love

「ちょっとだけ痛い痛いするけど、亮太くん強い子だから我慢できるかな？」

千明が持ち上げた消毒液のボトルを見て、亮太は濡れた目にさらに涙を盛り上がらせながら、それでもこくんとうなずいた。

すりむいた膝の怪我にボトルを近づけると、オオカミそっくりの小さな体がびくんと揺れる。

千明が昼食の後片づけをしている間に、庭で遊んでいた亮太が転んで膝をすりむいてしまったのだ。

傷口の下にガーゼを当て、消毒液をぷしゅっと押し出す。

「ぴゃっ！」

ぎゅっと目を瞑った亮太は、固く閉じ合わせたまぶたの間からぽろぽろと涙を零した。

「あー、えらい。亮太くんえらいなぁ。これで絆創膏貼っといたら、すぐ治っちゃうよ」

すん、すん、と鼻を鳴らす亮太の頭を撫で、毛がくっつきにくい特別な絆創膏を貼ってぎゅっと抱きしめた。

「ちーちゃ、いたいのとんでけ、して」

亮太に頼まれ、
「いたいのいたいの、飛んでけー！」
千明は傷を触らないよう気をつけながら膝の上で手を振り、遠くに飛ばすような仕草をした。

亮太は安心したように、体を丸めて千明の胸に頭をすり寄せる。

そして怪我の手当てのために脱いでいた、お気に入りのオーバーオールを手で引き寄せた。

「おズボンも、いたいいたいしちゃったの。ちーちゃ、おズボン、おけがなおる？」

「本当だ」

ものを大事にするはつ江(え)は、お古の洋服も簡単に捨てない。純(じゅん)から蓮(れん)、さらに亮太にお下がりしたというオーバーオールは、すでに膝の生地が薄くなっていた。転んだはずみで、膝の部分がこすれて穴が開いてしまっている。

でも服のおかげで、亮太の怪我も血も滲(にじ)まないくらいで済んだ。絆創膏も気休め程度で、明日には剝(は)がしてしまってもいいだろう。

「んーと、じゃあアップリケつけようか。亮太くんとお揃(そろ)いの、絆創膏のつけてあげるね」

百円ショップで買った、アイロンで簡単につけられるタイプのアップリケだ。ちょうど絆創膏のデザインのものがある。

アイロンでオーバーオールの膝につけてあげると、亮太は「おズボンもいたいのナイナイ」と嬉しそうに笑った。

＊

翌日は一家団欒の土曜日、昼食を終えてから家族でテレビを観ようとリビングに移動した。

亮太はソファに腰かけた千明の膝の上にちょこんと座る。

「亮太、千明の膝が痺れてしまうだろう。俺の膝に座れ」

お腹に赤ちゃんのいる千明に過保護な大神は、できるだけ負担をかけないようにといつも気遣ってくれる。

だが甘えん坊の亮太はいやいやと首を振った。

「ちーちゃがいい」

千明は笑いながら、亮太を安定のいい形に座らせ直した。

「大丈夫ですよ、亮太くん軽いし。膝の上にいてくれるとあったかいです」

無理をしているわけではなく、ふわふわの亮太はまるでぬいぐるみのようで、抱いていると本当に温かくて気持ちがいいのだ。

「ねー」

亮太をぎゅっと抱きしめて、三角耳の間に頬ずりをする。くるんと動いた耳が鼻先を叩く感触に思わずほほ笑んだ。

それを見ていた大神が、かすかに眉間に皺を寄せた。

亮太が自分より千明の膝を選んだことにガッカリしたのかと思いきや……。

「じゃあ、ちーは俺の膝の上に来い」

「えっ?」

膝に乗せた亮太ごと抱き上げられ、ソファに座った大神の腿の上に下ろされる。

ぽふん、と腿の上に座らされて、胸の中に閉じ込められて頭のてっぺんに大神の顎を乗せられた。

大神の膝の上に千明、さらに千明の膝の上に亮太。親亀の背に子亀、子亀の背に孫亀、の図を思い出す。

「これならいい。テレビを観ている間、ちーを独り占めされてはたまらないからな」

えええ?

「パパ、亮太にヤキモチ妬いてる」

「ちーちゃんのこと大好きだもんね〜」

純と蓮がもはや当然のようにうなずいて、大神の両隣りに座った。

そっち？　と呆然とする千明の頭の上で、

「当たり前だ」

ふん、と大神が息をつく。

なんだか心がムズムズする。大神が妬いていることを子どもたちに指摘されて、千明の方がうろたえてしまう。

世の中の旦那さまは、みんなこんなふうに甘いのか？

「なんかパパ、変わったよね。前は一緒にテレビなんて観てくれなかったのに」

蓮が言うと、大神は「そうか？」と首を傾げた。

「うん。前はずっと部屋にこもってお仕事してたよ。ちーちゃんが来てくれてから、パパも一緒にいること多くて嬉しい」

「そうだったか……。いや、そうだな。寂しい思いをさせていたか？」

大神に自覚はないらしいが、千明が子どもたちと過ごす時間が長いから、千明の側にいたがる大神も自然と一緒になるのだろう。

「ううん、寂しくはなかったけど、でも一緒に遊んでくれると嬉しいよ」

へへ、と笑った蓮が、大神の太い尻尾を自分の膝に乗せてぽふぽふと叩いた。

「そうか」

心打たれたらしい大神が、両隣りの純と蓮を抱き寄せた。

おしくらまんじゅうのごとくくっついてしまったが、なんだかすごく嬉しい。

「パパ、これじゃ観づらい」

照れ隠しのように純に言われ、大神は手を離すと子どもたちの頭をくしゃりと撫でた。

番組は春休みのアニメ映画の情報を流していて、純と蓮は興味津々で画面を見つめている。映画を観に連れていってあげるのもいいなぁと思ったとき、亮太がオーバーオールの膝につけた絆創膏デザインのアップリケを剝がそうとしているのに気づいた。

「あれ、亮太くん、アップリケ取っちゃうの？」

亮太はアップリケの下の破れを見て、目を丸くしながら千明を振り向いた。

「もうなおったとおもって……」

「あ、そっか。ごめんね、お洋服のお怪我は絆創膏じゃ治らないんだよ」

亮太の絆創膏はすでに今朝取ってしまった。

だから、亮太はオーバーオールの破れも絆創膏で塞がったと思ったのだろう。

「おズボンちゃん、いたいのごめんなちゃい……」

みるみる目に涙を溜める亮太の勘違いが可愛くて、思わずぎゅうっと抱きしめた。

「大丈夫。大丈夫だよ、亮太くん。あとで新しいアップリケつけてあげる。おズボン痛くないからね」

子どもって、本当に可愛い！

亮太は小さくうなずくと、絆創膏のアップリケを丁寧に戻して手で覆った。

涙を滲ませる亮太をあやしながら小さな体を揺らす。やがて眠そうにこっくりし始めた亮太をぽんぽんと叩いていたら、だんだん千明も眠くなってきた。

二人のもふもふに挟まれてお腹も背中も温かいのだから、仕方あるまい。

（ちょっとだけ……）

目を閉じれば、意識がふわふわと空気に溶け込んでいくようだ。

とろとろと眠りに引き込まれていく千明の耳に、子どもたちの声が聞こえてくる。

「あー、ちーちゃん寝ちゃった」

「亮太も。気持ちよさそう」

うん、気持ちいいよ。

返事をしたつもりだが、声にはならなかった。

「昼寝とは休日らしくていいな。俺も一緒に寝るとするか。おまえらも寝るか？」

ふあ、と大神があくびをしたのがわかる。

「みんなで一緒に？　パパのベッド大きいから大丈夫？」

大神のダブルベッドでも、大人二人と子ども三人ではさすがにギュウギュウだろう。

でもさっきのおしくらまんじゅう状態で、みんなでお団子みたいにくっついて眠るのも楽しそうだなと思った。

（家族だもんね……）

その日は、生まれた赤ちゃんも入れて六人でお昼寝している夢を見た。

冬 〜オオカミパパとおうちごはんで子育て中〜

パイプ椅子は大柄な自分にはちょっと小さい。と思いながら、大神(おおがみ)は町内会館の会議室で腕を組んで座っていた。

マイクを持った町内会会長が、役員たちを見回しながら言った。

「え〜。では、クリスマス会の準備と催しものの分担を、くじ引きで決めたいと思います」

大神家は今年、子ども会の役員になった。子ども一人につき一回、小学生の間に役員をすることになっているのである。

純(じゅん)が小学四年生、蓮(れん)が小学二年生。一昨年(おととし)までは大神が独身、去年は千明(ちあき)が身重だったので、今年からやっと役員を引き受けたところだ。純、蓮、亮太(りょうた)、美羽(みう)と、合わせて四人分、今後もどこかで役員をやらねばならない。

といっても毎月の役員会に参加することと、年に六回ある行事のどれかで担当を引き受ければいいので、そこまで負担ではない。

そして今年、大神家はクリスマス会の担当を任された。ホワイトボードに、司会進行、買い出し、会計、調理、飾りつけ……などといった分担が書かれている。これからくじ引きで分担を決めるのだ。

司会進行や買い出しが当たったら自分がやればいいし、調理係に当たったら千明にお願いして自分が子どもの面倒をみて……と思いながら、回ってきたくじの箱の中から紙を引く。

開いてみて、大神の眉が寄った。

『余興』

隣に座る、六年生の子どもを持つベテラン役員にこそっと尋ねる。

「すみません、余興というのはなにをすれば……」

実は大神はクリスマス会には参加したことがない。基本的に役員以外は子どもたちだけが参加するイベントだからだ。

「ああ、余興担当は家族でなにかしら特技や芸を披露するんですよ。去年は二人羽織、その前はけん玉披露だったかな。あ、寸劇をやったご家族もいましたね」

……わりとハードルが高い。

自分は人前で披露できるような芸は持ち合わせていないし、これといった特技も思いつかない。去年やったという二人羽織はさすがに二番煎じ（にばんせん）すぎて盛り下がるだろう。

家に帰ってから家族にアイデアを募ろうと、大神は『余興』と書かれた紙を懐にしまった。

*

「余興？」

大神が言うと、リビングでゲームをしていた純と蓮は揃って目を丸くした。

「なにか披露できる特技や芸はないか？」

次男の蓮が「はいっ！」と手を挙げる。

「ぼく、リフティング得意！　百回は余裕でできるよ！」

蓮はサッカークラブに所属していて、週末も練習に明け暮れている。

「おお、すごいな、蓮。でも室内でやるイベントだから、万一ボールがこぼれて小さな子に当たるといけない。外でやる別のイベントのときに披露しよう」

「そっかぁ」

ものわかりのいい蓮は、すぐに納得してくれた。クリスマス会は会員の弟妹の赤ちゃんも参加するので、ボールを使うのは難しい。

「純はどうだ？」

尋ねると、純は腕を組んで視線を宙に向けた。

「ぼく、円周率百桁まで言える。来年習うはずなんだけど、テレビで観て面白そうだと思ったから覚えたんだ。でも全部聞いても誰も興味ないだろうし、余興としてはどうかなって思う」

我が子ながら、冷静な分析だ。

「確かに、小学生のクリスマス会の余興としては盛り上がりに欠けるかもしれないな」

うーん、と純と蓮が額を寄せ合って考えている。

「劇っていっても、パパが出るとどうしても赤ずきんちゃんか狼男になっちゃうよねえ」

「悪くないけど、ベタかな」

すまん。自分の見た目がオオカミなばかりに。

三人でうーんと唸りながら考えていると、お昼寝から覚めた亮太と美羽を連れた千明が、リビングに入ってきた。

「なに三人で悩んでるんですか？」

「ちー」

一緒に眠ってしまっていたのか、まだ少し眠そうな千明に、大神は役員会で余興係を引き当ててしまったことを話した。

「これといったものが思いつかなくてな」

千明は「んー」と考えて、パッと笑顔になった。

「おれ、うんまい棒の味当てるの得意ですよ」

「うんまい棒の味当て？」

うんまい棒とは、何十種類ものフレーバーがある棒状のスナック菓子である。発売以来四十年の歴史を誇り、価格も十円と、キングオブ駄菓子の名をほしいままにする子どもたちのアイドルだ。大神家でもちょいちょいおやつとして登場する。

「でも結構わかりやすいんじゃない？　ぼくたちもよく食べてるし」

純が言うと、千明はめずらしく挑戦的な表情をした。

「そう思うでしょ。意外と難しいんだよ」

じゃあやってみよう。と言うわけで、さっそくうんまい棒を買い込んできた。

純と蓮が目隠しをしてテーブルに着く。

「じゃ、最初の開けるね」

まずはわかりやすいだろうと、明太子味を手に取った。袋から出してやり、二人に手渡す。

あーんと口を開け、軽い音を立てて齧った二人が揃って、

「えー？」

と首を傾げた。

「え……、なんだろ？　なに味？」

「しょうゆになにか入ったみたいな……」

意外だ。

見た目にはかなりドギツイ色と、それと知っていると明太子にしか思えない香り。

その後もいくつか試してみたが、二人ともが一発で正解できたのはド定番のチーズ味とコーンポタージュ味を含む四種類のみだった。

「びっくりしたー、すっごい難しい！」

目隠しを取った二人が、パッケージを確認しながらため息をつく。

「目で見ると簡単そうなのにね」

本当に。

「じゃ、次ちーちゃんどうぞ」

蓮が言い、純が千明の背後に回って目隠しをする。ちなみに目隠しは、やわらかくて長さがあるという理由でバスローブの腰紐(こしひも)を使う。

手探りでうんまい棒のパッケージを開け、袋を半分ずらして中を取り出した千明がくんくんと匂いを嗅ぐ。

「まず香りから……」

それを見ていた大神の尻尾(しっぽ)がさわりと揺れる。

（ん？）

千明は舌先で、ちろちろと先端を舐めた。

（んんん？）

目隠しをしたまま棒状の物体に舌を伸ばす千明の仕草がまるで――。

「……ちー。どうして舐める？」

「すぐに食べちゃダメなんですよ。周りだけ先に舐めて味わうのがコツなんです」

なんだかエッチなレクチャーに聞こえるのは、己の心が汚れすぎているせいか。

千明は周囲の粉をぐるりと舐め取って舌の上で味わってから、ようやくうんまい棒を咥えた。だが――。

「おいし……」

大神の尻尾が、ばたんばたんと左右に揺れた。

（いやらしすぎる！）

目隠しをした千明が、棒状の物体を舐めて、咥える。

こんな破廉恥な姿を、子ども会の保護者たちとはいえ他の男の目に晒せるか！

「これは、やきとり……」

「却下！」

思わず千明の持っているうんまい棒を引ったくった。

「どうしたの、パパ？」

びっくり顔をする子どもたちに、汚い心を見透かされたようでうろたえた。

「あ……、いや、その……、俺たちは実証したから難しいとわかるが、見ている方にはどれだけ難しいかわからないし……」

「それもそうかも」

なんとか納得してもらえてひと安心した。

しかし、こんな駄菓子にまで危険な罠が潜んでいるとは、日常は意外と侮れない。

*

「家族でできるから、これにしたら？」

はつ江に勧められたのは、ハンドベルである。練習すれば簡単な曲ならクリスマス会にはなんとか間に合う。美羽用には、押して鳴るベルを特別に。これならタイミングを合わせるよう教え込めば、美羽にも押せる。

最初から母に相談していればよかった、と思いながら、大神は通販で購入した美しいクリスマスカラーのハンドベルを箱から取り出した。

クリスマス会では、美しいハンドベルの音色が町内会館に響き渡った。

かわい恋先生、榊空也先生へのお便り、
本作品に関するご意見、ご感想などは
〒101-8405
東京都千代田区神田三崎町2-18-11
二見書房　シャレード文庫
「オオカミパパの幸せ家族計画」係まで。

「オオカミパパの幸せ家族計画」書き下ろし
「アリスちゃんはキュートでセクシー」書き下ろし
「オオカミパパにやきもちを妬かれています～オオカミパパに溺愛されています～」同人誌『刊行10冊目＋α記念SS小冊子10＋α』（2018年4月）
「冬～オオカミパパとおうちごはんで子育て中～」同人誌『商業BL小説20冊刊行記念SS小冊子20』（2021年4月）

オオカミパパの幸せ家族計画

2021年 9 月20日　初版発行
2021年 9 月22日　再版発行

【著者】かわい恋

【発行所】株式会社二見書房
東京都千代田区神田三崎町2-18-11
電話　03(3515)2311［営業］
　　　03(3515)2314［編集］
振替　00170-4-2639
【印刷】株式会社 堀内印刷所
【製本】株式会社 村上製本所

ISBN978-4-576-21131-2

https://charade.futami.co.jp/

オオカミパパとおうちごはんで子育て中
榊 空也
かわい恋
CHARADE BUNKO